OUBLIER DURAS !?

Du même auteur :

RAUQUE LA VILLE, éd. de Minuit, préface de Marguerite Duras 1980
RAPT D'AMOUR, P.O.L éditeur 1986
LA SUIVE, Imprimerie nationale éditions 1989
PATHÉTIQUE SUN, Criterion éditeur 1991
LA FICTION D'EMMEDÉE, éditions du Rocher 1997
LES VOYAGEURS MODÈLES, éd Comp'Act 2002
PETIT HOMME CHÉRI, éditions L'ACT MEM 2005
LE PONT D'ALGECIRAS, éditions L'ACT MEM 2006
ENTRETIENS AVEC MARGUERITE DURAS, éd François Bourin 2012
L'INSATISFACTION, BoD édition 2014
REGARDER LOIN, BoD édition 2015
JAMAIS AUTANT, BoD édition 2016
NOUVELLES DU PASSÉ, BoD édition 2019
OSONS LIBÉRER LE FRANÇAIS, BoD édition 2019
LE PETIT ROMAN DE JUILLET, BoD édition 2020
AU BAR DU KONG, BoD édition 2022
TU ÉCRIS LE SOLEIL, HUGO?, BoD édition 2023

jeanpierreceton.com

JEAN PIERRE CETON

OUBLIER DURAS !?

© Jean Pierre Ceton; Tous droits réservés
Édition : BoD - Books on Demand,
31 avenue Saint-Rémy, 57600 Forbach, bod@bod.fr
Impression : Libri Plureos GmbH,
Friedensallee 273, 22763 Hamburg (Allemagne)

ISBN : 978-2-3225-5442-3
Dépôt légal : mars 2025

(L'auteur utilise la nouvelle orthographe)

OUBLIER Duras, oui j'avais finalement accepté ce titre, mais avec un point d'exclamation et un point d'interrogation au moins. Les deux au mieux, ce qu'elle m'avait concédé, comprenant que "sans ces points" le titre me déplaisait fortement.
C'était une éditrice indépendante qui m'avait sorti cette injonction, trois minutes à peine je l'avais rencontrée. C'était selon elle pas discutable, il me fallait oublier Duras...
Elle n'était pas la première à me l'avoir suggéré, tu devrais oublier Duras maintenant. Comme s'il s'était agi d'en faire le deuil. Mais là c'était plus général, c'était comme un slogan définitif autant qu'un ordre, "Oubliez Duras!"

Sans doute parce que je lui avais raconté un appel au téléphone de Marguerite, reçu des années auparavant, qui m'invitait à venir diner avec elle le soir même au Parc. Un restaurant où elle allait presque chaque soir depuis que le producteur de l'Amant, le film, lui avait offert une table à vie. C'est-à-dire qu'elle pouvait s'y rendre à sa guise, autant de fois qu'elle en avait envie, et surtout commander ce qu'elle souhaitait.

Je ne sais si elle avait tout à fait conscience que cette offre mirobolante lui avait été faite afin qu'elle accepte le scénario de *L'Amant* tel que le voulait le réalisateur, une mise en scène classique de l'histoire, et non ce qu'elle voulait, elle, à savoir qu'on filme une lecture du livre par elle-même.
Donc, c'était pour l'amadouer. Oui, elle le savait pertinemment mais en appréciait pas moins le cadeau. Elle était assez libre pour être sensible à une offre vraiment estomaquante, faite en plus à quelqu'un qui avait connu la pauvreté dans son enfance.

Avec plaisir, je viendrai, bien sûr, avec grand plaisir, j'avais répété tandis que je pensais à Lou. Alors j'avais précisé que ce soir-là je serai, comme tous ces derniers soirs, en compagnie de ma nouvelle amie, la belle espagnole dont je lui avais déjà parlé, je serai heureux de la lui présenter, j'allais venir avec elle, oui, je viendrai avec elle.
Non, elle avait dit non. Elle ne voulait pas, elle voulait que je vienne seul. Pas avec cette espagnole que tu trouves belle, c'est généralement pas mon genre, les andalouses. Bien sûr, MD ne m'aurait jamais dit ça, pas de cette façon, même en riant. Il se trouve que ce n'était pas mon genre non plus, je préférais les blondes. J'étais cependant tombé amoureux d'elle, la belle andalouse brune...

Elle était vraiment pas possible, cette Duras, avait presque crié l'éditrice, faisant se retourner des clients du café où on se trouvait. C'était une jalouse, manifestement elle voulait vous garder pour elle seule!

Je m'en souviens, j'avais capté en plein écran une vision fugitive et instantationelle du départ d'une femme... Une image très en avant de moi, une image floue comme prise en focale longue... C'était ma mère, ou bien plutôt Marguerite fuyant, s'éloignant à toute vitesse? Elles étaient mortes toutes les deux!

J'avais subitement été envahi de questionnements qui remontaient à loin sur ce qui se serait passé dans ma vie si je n'avais pas connu MD?
Et aussi qu'est-ce qui se serait passé si je ne m'étais pas baigné tout habillé dans la mer haute un soir d'automne avec celle qui deviendrait ma première femme et moi son mari?... Surement que j'aurais connu quelqu'un d'autre.
Et qu'est-ce qui se serait passé si, au lieu de me faire des histoires, cette première femme avait accepté que je revienne d'un festival de cinéma accompagné d'une autre femme? Oui, si elle ne s'était pas fâchée en me voyant débouler avec une autre, certes sans l'avoir prévenue, que se serait-il passé?... Sans doute rien, je ne vois pas que j'aurais aussitôt divorcé, ce n'était pas mon genre.

Et si, plus tard, j'avais laissé Lou au philosophe Felix Guattari, pour partir avec sa femme qui m'incitait à fuguer avec elle, ne cessant de dire que c'était un signe décisif de s'être croisés à La Nouvelle Orléans aussi naturellemet que dans une rue du 6e arrondissement de Paris?

Je marchais avec Lou dans ce quartier dit français, très festoyant de La Nouvelle Orléans. C'était un jour de carnaval durant lequel à toute heure on se jetait en pleine face des colliers de perles de multiples couleurs...

Soudain j'avais interrompu mon geste de lancer une poignée de colliers en reconnaissant Josée, d'un coup devant moi, que j'avais connue dans une des fêtes parisiennes comme il y en avait tant dans les années 1980. Éclatant d'un rire à reprises tandis qu'elle ouvrait largement sa chemise pour dévoiler ses seins pointus, ainsi que l'imposait le jeu pour obtenir des colliers...

Elle se trouvait en effet en compagnie du philosophe, devenu son mari, qu'elle était disposée à quitter pour s'enfuir avec moi en raison de ce signe des dieux qu'était selon elle notre rencontre inopinée dans cette rue à touristes de New Orleans.

Et qu'aurait-il pu se passer ce soir-là de son appel téléphonique si j'étais allé rejoindre seul Marguerite, c'est-à-dire sans Lou, comme MD me l'avait expressément demandé? Je ne le sais toujours pas, car je n'y étais pas allé dîner au restaurant du Parc, j'étais resté avec Lou...

Retour au présent. Tu es libre, m'avait crié Nia, m'autorisant ainsi à être libre d'elle, que je me sente libre, je pouvais faire ce que je voulais! C'était un jour de dispute comme chaque fois qu'on se voyait. Elle hurlait, "On ne se voit plus, on s'oublie'. Ou le contraire, "on s'oublie, on ne se voit plus!"
Elle ne devait pas se souvenir de me l'avoir dit, voilà qu'elle venait à nouveau de sonner chez moi pour que je lui ouvre. Je ne pouvais pas, je ne peux pas te voir, je ne veux pas, j'avais crié sans parvenir à lui envoyer en rappel ce "On ne se voit plus, on s'oublie!". Elle avait sonné encore, elle était partie puis revenue. Je ne peux pas, je lui avais redit à l'interphone. Tu ne peux pas? Oui, non! La scène s'était reproduite plusieurs fois les jours suivants et puis de moins en moins, et plus du tout.

Un jour, Nia m'avait demandé si on était devenus ennemis? Et si on ne pourrait pas plutôt rester amis? Bien sûr, qu'on n'était pas ennemis. Mais pour rester amis, il allait falloir du temp, j'avais répondu...
Surtout ne pas recommencer, je me disais, sinon tout reprendrait, les disputes, les tensions, les énervements, il ne fallait pas nous revoir, sauf peut-être dans un jardin public ou bien dans un café? En tout cas, ni chez elle ni chez moi, surtout ne pas refaire l'amour. Non, ne plus se voir et s'oublier.

C'est bien d'être libre, j'arrivais à me dire ce jour-là, marchant à vive allure, de se sentir libre, même dans la solitude d'après la séparation qui est pourtant cruellement pesante ! Il me revenait que je m'étais mis avec Nia sans vraiment m'en rendre compte, sauf que j'avais éprouvé du réconfort d'être ainsi passé de Lou à Nia. Celle-ci m'ayant adouci la séparation d'avec Lou, oui c'était grâce à Nia que j'avais réussi à supporter le manque de Lou.

Cependant c'était encore une séparation qui me tombait dessus, ce dont je me sentais tout perturbé. Je me répétais que Nia m'avait aidé à guérir de Lou, Je me le répétais sans doute pour essayer de supporter cette nouvelle séparation. Mais Nia ne pouvait pas me guérir d'elle-même!
Curieusement, je parvenais à maintenir l'impression d'être libre comme jamais. Surement parce que je ne me sentais plus ni sous la pression de Nia, ni sous celle de Lou que j'avais longtemps ressenti même en étant déjà avec Nia...

Alors je force la marche sous la pluie devenue battante, je me laisse envahir de jets d'images du passé et de l'avenir mélangées. Ce qui était assouvissant pour moi qui m'étais depuis toujours perçu tout à la fois jeune et vieu.

La pluie ayant cessé, un souvenir m'était apparu soudain d'un dialogue avec mon père datant d'années antérieures. "Et qu'est-ce que tu fais de la diversité de la création de Dieu", m'avait-il demandé? Lui, il ne parlait pas de bio-diversité, le mot ne s'était pas encore propagé. Il parlait du monde de la création de Dieu, illustré par la fameuse histoire de l'arche de Noé échappant au déluge...

La diversité du monde? Une simple séquelle de l'évolution par suite d'une différenciation du vivant, j'avais répondu, une manière de désigner le monde du vivant entourant les humains... Je pressentais que la vie s'était essayée à donner forme et intelligence à différentes espèces jusqu'à privilégier l'humain. Même si c'était un peu naïf de ma part, c'était ce que je visualisais!

Alors là maintenant, je me rends bien compte que c'était me séparer de beaucoup de mes contemporains pour qui le salut semblait venir du monde du "vivant" sauvage plus que de celui des humains, en tout cas dont le premier principe était de vivre en harmonie avec la nature faite de tous les vivants non humains Quand moi je voyais les humains comme des vivants à privilégier.

Je prenais aussi conscience que mon père avait dû se demander comment son fils en était venu à penser des choses pareilles.

C'est pourquoi je veux raconter le désarroi qui m'a submergé quand je me suis aperçu que toute l'entreprise progressiste de mon père était remise en cause un demi-siècle après sa réalisation par les nouvelles tendances philosophiques...

J'hésite. J'hésite à me remettre à parler de mon père. Un jour mon père est mort, ce devait mettre un terme à cette référence constante de mon existence. Oublier mon père!

J'hésite entre les lumières de mon père et les exigences de ma mère Marguerite. Enfin, pas ma mère biologique, mais oui une mère intellectuelle de substitution qu'elle acceptait à demi d'être pour moi. Ce qui ne l'empêchait pas d'être possessive à mon égard à la manière d'une amante de longue date.

Chez mon père, les Lumières c'était la tolérance, faite de raison s'opposant à la déraison en général. Je l'entends toujours sermonner de « Voyons, voyons !», quand il devait calmer l'intransigeant·e, l'irrationnel·le, le caractériel, la colérique ou l'excitée, sans parler des borné.es, catégorie la plus répandue !
Marguerite aurait été d'accord avec cette tolérance, elle qui aimait Diderot comme l'un des rares vrais penseurs de l'humanité qui avait développé le principe selon lequel il fallait penser contre soi-même...

Cette passion pour Diderot, j'avais découvert longtemps après la mort d'Emmedée qu'elle nous était commune, m'étonnant qu'on n'en ait jamais vraiment parlé tous les deux. Ou bien j'avais oublié qu'on en avait parlé toujours, avec complicité, presque par habitude et en effet je l'avais oublié. Sans doute parce qu'on partageait une admiration identique pour ce Diderot qui, sans être caractériel, était porté par la certitude de l'avenir de la raison. En fait, de l'intelligence.

Découvrir que mon père pouvait aujourdhui être considéré comme ayant tout faux dans ses croyances dans le progrès m'avait carrément secoué. C'est que lui il y avait cru complètement. Le "croissez et multipliez" des ''écritures saintes'', il l'appliquait dans la moindre de ses actions, en tout cas le "croissez".
Mon père avait été un authentique optimiste chrétien, croyant en la destinée de l'homme consistant à dominer la nature. La faire fructifier, je crois, il aurait dit...

Et en effet, Maire de son village, il avait fait réaliser dans les années 1950/60 toutes les actions de base pour apporter le progrès. Il avait commencé par l'éclairage du village, puis l'électrification des campagnes, le goudronnage des routes... En tout premier, un peu plus tôt, il avait réalisé l'adduction d'eau, autrement dit l'installation de l'eau courante dans le village. Je me demande ce qu'en pensent ceux qui sont opposés au progrès. L'eau courante est une chose incroyable et magique pour ceux qui n'en disposent pas. Et tout autant pour ceux qui en usent, sans se rendre compte qu'ils n'ont pas besoin de pomper à la pompe, ni de remplir des seaux à la source, ni d'y retourner quotidiennement...

Plus tard, il avait fait bitumer les cours des écoles, auparavant boueuses par temps de pluie et aussi les chemins communaux. Tout ça était remis en cause, maintenant que l'objectif à atteindre était la renaturation, ou retour à la nature. Non sans de bons arguments, par exemple le revêtement de goudron empêche l'eau de pluie de s'écouler à travers les sols et donc de réalimenter les nappes souterraines... Il avait même fait électrifier les cloches de l'église que sinon il fallait balancer à l'aide de longues cordes pour qu'elle sonne l'appel aux rituels des jours.

Dans mon enfance, l'expression connue, plutôt que renaturer, c'était ne pas dénaturer pour signifier préserver ses qualités d'origine.
Désormais, il s'agissait de se défaire des conséquences de l'action néfaste des humains. Bien plus, de limiter leur empreinte, pour laisser de la place aux autres vivants. L'entreprise de renaturation pouvait même viser à retrouver un état de nature comme il n'y en avait jamais eu auparavant, par exemple les prairies ou les paysages...

Par la suite, mon père avait eu à résoudre un problème de déchets produits par une usine qu'il avait fait venir pour fournir de l'emploi aux ruraux, souvent des ex-paysans. L'industriel qui fabriquait des bouchons en plastique pour flacons de parfumerie lui avait demandé où il pouvait se débarrasser de ceux rejetés pour défaut de fabrication. Et mon père l'avait autorisé à déposer ces déchets en lisière d'un de ses bois, faute de savoir quoi en faire sans déclencher diverses

oppositions. Le dépôt étant situé chez lui, personne ne pouvait le lui reprocher.
Des années après, des activistes avaient creusé l'affaire, le cas de le dire. Ils n'avaient pas eu de mal à déterrer des milliers de bouchons en plastique, qui étaient selon eux responsables de maladies, en particulier du cancer qui se développait beaucoup dans la région en conséquence supposée de l'utilisation abusive de pesticides et autres intrants toxiques.
Pourquoi donc les fabricants de parfum avaient opté à un moment pour le plastique au détriment du métal pour fabriquer les bouchons de flacons ? Sans doute était-il plus léger et moins cher.

"Oubliez Duras", c'est tout ce qu'avait su me répondre l'éditrice à ma proposition de rééditer *La Fiction d'Emmedée*, le roman que j'avais écrit sur Marguerite. Elle était assez critique du livre, qu'elle trouvait trop durassien, comme s'il avait pu en être autrement puisque Marguerite Duras en était le personnage principal!
Plusieurs lecteurs, au contraire, m'encourageaient à écrire une suite, un deuxième volume, me répétant que j'avais eu beaucoup de chances de la connaitre. Ils parlaient oui de la chance que j'avais eue, mais aussi de celle que j'avais toujours de l'avoir connue.
Je pensais souvent et pense encore souvent à Duras, et pas seulement à ses livres et ses films. Par exemple, chaque fois que je fais cuire du riz, je

pense à elle qui m'avait souvent expliqué comment elle lavait le riz avant de le cuire, au moins à 3 eaux…

Parmi d'autres réalisations, qui constituaient pour lui un progrès, mon père avait fait aménager une place publique au milieu du village, à l'emplacement de dizaines de petits jardins privatifs dont la conservation, j'y pense maintenant, aurait ravi les bobos écologistes des années 2020, comme un exemple de ce qu'il aurait fallu défendre à tout prix!
Mon père les avait transformés en une grande place afin que les voitures puissent stationner pas trop loin des commerces centraux. Il faut croire que beaucoup d'automobiles étaient d'un coup apparues dans les années 1960.
Sûr qu'aujourdhui des zadistes (de zone à défendre) seraient intervenus pour empêcher la destruction de ces jardins où se cultivaient de bons produits frais et locaux, fertilisés aux excréments d'animaux d'élevage.

Des années après, je me demande toujours ce qui se serait passé si j'avais accepté d'aller rejoindre seul MD, comme elle me l'avait demandé, et pas en compagnie de ma nouvelle amie, Lou, la belle espagnole, comme je lui avais proposé?

Marguerite m'attend au restaurant le Parc où le producteur de cinéma Claude Berri lui a offert une table à vie ! Ce n'est que bien plus tard qu'il me viendra à l'idée que le producteur lui avait peut-être dit, c'est bon pour toi et un ou deux invités, pas plus, je ne peux pas inviter dix personnes à ta table. Car même riche, un producteur est regardant sur son argent. Or nous aurions été trois si Lou était venue. Et quatre avec Yann, son dernier compagnon, s'il avait été là!

Donc j'arrive, me voilà, j'y vais seul, je constate quoi ? Soit Yann est là, soit il n'est pas là, ce qui aurait été tout à fait improbable. A l'époque il accompagnait toujours Marguerite, se tenant légèrement de côté ou un peu en arrière. Sauf quand il s'était mis à revoir les hommes, comme cela était arrivé après *L'Amant*...

En fait non, je me trompe c'était avant, puisque *L'Amant*, le roman, Duras s'était mise à l'écrire justement quand Yann était "revenu" aux hommes, ainsi qu'elle l'avait ouvertement déclaré, elle qui "n'avait pas de pudeur"!

Non, peut-être avait-elle dit "retourné" aux hommes?

Qu'elle ait insisté pour que je vienne seul était logiquement motivé par le fait qu'elle était seule ce soir-là, même s'il m'était souvent arrivé de la rejoindre alors qu'elle était en compagnie de Yann. Mais c'était en effet avant le temp de l'écriture de *L'Amant*.

Qu'est-ce qui se serait passé alors si je l'avais rejoint sans Lou. Donc si j'étais allé la voir seul? Je ressens tout d'abord que cela n'aurait rien changé entre nous. Nous nous serions parlés comme d'habitude de tout ce que nous aimions, emportés par ce qui nous reliait au fond, une certaine conscience des choses, une forme de lucidité sur le réel. Et bien sûr nous aurions ri de tout et surtout de rien... Peut-être qu'à un moment elle m'aurait questionné sur Lou, ma belle espagnole dont je lui avais parlé. Oui elle m'aurait posé des questions auxquelles je n'aurais pas pu échapper alors que je n'avais pas envie de lui répondre dans les détails, soucieux de garder pour Lou et moi ce qui nous appartenait...

Peut-être que j'aurais rencontré le président de la République de l'époque qui fréquentait le Parc, comme en témoigne cette anecdote que Yann m'avait raconté.

Un soir, dans ce restaurant du Parc, Marguerite lève le nez de son bol de riz et interpelle Yann. Mais c'est François, s'exclame-t-elle, va le chercher, dis-lui de venir! Yann dit non, je ne peux pas... Va le prévenir que je suis là.

Elle avait connu Mitterrand dans la résistance durant la guerre et avait conservé une forte relation d'amitié avec lui. Une rumeur rapporte qu'ils auraient eu le projet de se marier en résistants...

Yann ne bouge pas malgré l'insistance de Marguerite, il ne peut pas.

Quand le président se lève pour partir, il aperçoit Marguerite, du coup il vient la saluer. J'ai quelque chose à vous dire, lui dit-elle aussitôt. Allez-y, je vous écoute. Et bien figurez-vous que maintenant je suis plus célèbre que vous, je suis plus connue dans le monde entier que vous. Ça doit être vrai, avait-il répondu en la saluant pour partir.

Qu'en avait pensé Mitterrand? Peut-être qu'elle n'avait pas changé, et que Marguerite était toujours aussi imbue de la personne de l'écrivain. Ce qu'il pouvait comprendre, et même partager, mais qu'il devait oublier lorsqu'il serrait la main du président chinois ou américain. Sauf à se dire qu'être écrivain et en plus président relevait le niveau de l'importance à une très grande hauteur, bien au-dessus de celle de cette Duras décidément trop prétentieuse. Il devait se dire des choses comme ça, lui... Il n'était pas en compétition avec elle sur le terrain des livres, il venait de publier avec succès "La Paille et le Grain" que MD, si elle l'avait lu, n'avait dû lire qu'en diagonale, et dont moi je trouvais le titre trop rural...

Mitterrand ne disait pas que le capitalisme décide, veut, pense quoi que ce soit. Non il croyait qu'il existait des acteurs économiques pratiquant plus ou moins les lois du capitalisme, c'est tout.

Aujourd'hui il ne dirait pas davantage que le capitalisme agit comme une personne qui aurait le projet, par exemple, de substituer des relations numériques aux relations inter-humaines... Le

19

capitalisme n'a pas de projet comme ça, à part se courber au numérique dont l'histoire à venir porte certainement le projet.

Il ne parlait pas non plus d'ultra libéralisme, ni de libéralisme, à part politique.

Alors qu'est-ce qui se serait passé si j'étais finalement allé rejoindre Marguerite en compagnie de Lou ? Ce qui semblait impossible, puisqu'elle m'avait demandé de venir seul, en tout cas difficile d'arriver avec quelqu'un qu'elle ne connaissait pas. C'était le paradoxe, elle était ouverte à tout, avide de rencontres nouvelles, mais elle se protégeait tout de même. Là, elle bloquait carrément. Elle avait dû sentir qu'avec Lou c'était une histoire d'amour importante qui se déclenchait pour moi?

Elle était gonflée quand même, avait relancé l'éditrice qui prenait partie, elle voulait vous garder pour elle, elle était jalouse, il n'y a pas d'autres mots!

Elle était jalouse, c'est vrai. Mais Lou également l'était, jalouse, qui plus tard m'accusera de me prosterner devant MD, ce que j'étais loin d'imaginer. Ni que je me prosternais, ni que Lou puisse le croire.

Jalouse, il n'y a pas d'autres mots, répétait l'éditrice qui n'était vraiment pas bienveillante pour Duras. Elle avait lu plusieurs de ses livres alors qu'elle était étudiante, ensuite elle avait cessé de la lire sous influence d'intellos anti-durassiens qui en étaient toujours à la rejeter même après le succès de *L'Amant*. Ou peut-être encore plus après ce succès, mondial, comme elle disait... Ce n'est que 40 ans plus tard qu'ils reconnaitront n'avoir pas aimé *L'Amant* et concéderont que c'était un grand livre qu'il fallait relire alors même qu'ils ne l'avaient pas lu à sa sortie.

Développer l'hypothèse selon laquelle Lou serait venue diner avec MD, imaginer une bagarre entre les deux femmes comme cela était arrivé des années plus tard à une soirée d'inauguration d'une saison entière consacrée aux films de Duras à la Cinémathèque. Il avait suffi que je m'absente un instant aux toilettes pour que Lou se lève et balance une phrase désagréable à Marguerite : Est-ce qu'elle n'était pas fatiguée d'écrire tous les jours? Est-ce qu'il n'y avait pas mieux à faire dans la vie?

A quoi Marguerite avait aussitôt répondu pour développer une dispute autour de ma personne, qu'elle ferait mieux de me laisser écrire... C'était pas son affaire, avait crié Lou, ce qu'il écrivait ou pas! Donc Lou aussi était jalouse, je n'aurais pas pu imaginer qu'elle le soit à l'égard de Duras, je l'avais découvert à ma grande surprise cette fois-là et d'autres fois ensuite...

Que pouvait-il se passer du côté de Lou, je m'étais demandé de nombreuses fois, si je décidais d'aller rejoindre Marguerite seul? Peut-être que Lou se serait fâchée. Oui, elle serait partie, elle m'aurait quitté dès le soir, ce que, même avec le recul, je ne veux pas accepter comme hypothèse.

Néanmoins je privilégie la version selon quoi je serais allé voir seul Marguerite qui se trouvait seule elle aussi. Ce qui confortait l'idée selon quoi elle m'avait proposé de venir la voir parce qu'elle était seule ce soir-là. J'avais même pensé que ce qu'elle voulait c'était me parler de Yann avec qui elle aurait eu une franche dispute la veille.

Souvenir de son visage éclairé de notre première rencontre quand je lui avais parlé d'amis de Caen qui durant leur soirée dansaient sur la musique d'India Song. Quelqu'un de Caen m'écrit des lettres, m'avait-elle dit. Yann? Oui, je le connaissais. Son visage éclairé…

Elle aurait voulu me confier sa décision définitive de quitter Yann pourtant son compagnon de chaque jour depuis des mois. Mais j'avais compris assez vite qu'elle avait changé d'avis, tout en conservant intimement l'énergie que produisent les bagarres amoureuses…

Nous aurions donc dîné en tête à tête, elle m'aurait tout de suite dit que Lou était beaucoup moins jolie que sa soeur. Mais comment aurait-elle pu le savoir, j'aurais demandé, puisqu'elle ne la connaissait pas, ni elle ni sa soeur? C'est un principe général, les soeurs ne sont jamais aussi jolies l'une que l'autre, elle m'aurait rétorqué.

Aussitôt, elle m'aurait mis en garde, elle va te ruiner cette fille-là, elle veut tout de toi, ton argent bien sûr autant que tu peux en avoir. Elle voudra tout de ta vie, tes enfants, ta maison si elle est à toi, même tes rêves si tu te laisses aller aux rêves...

Je reconnais que Lou m'avait dit le premier jour, qu'elle n'était pas prête de me lâcher si elle s'installait chez moi, ce qui était tout autant une preuve qu'elle était sincèrement attachée à moi que le contraire, avoir seulement l'intention de squatter chez moi...

Cependant non, il ne s'agissait pas de Lou, mais de Nia, que j'avais rencontrée juste après le départ de Lou, et de qui je venais déjà de me séparer parce qu'elle n'avait qu'une envie, elle, c'était en effet de me "niquer". Elle me l'avait dit dans un franc sourire, je devais le savoir qu'elle chercherait à me niquer, je le savais, je n'aurais pas à m'en plaindre...

De toute façon, il y a toujours un chemin de rupture où l'un va se faire niquer par l'autre. Ainsi quand un grand ami tente de faire un enfant à votre femme à quoi elle consent parce qu'elle s'était promis depuis longtemps de vous niquer...

A tout moment d'une relation, sans en avoir la conscience, il survient un engagement interne de le lui faire payer, de lui en présenter le compte, de lui rendre la pareille, une vengeance méritée en somme, même si elle serait provisoirement oubliée et n'apparaitrait que lorsque le moment interviendrait.

Puis, le diner en tête-à-tête passé, quittant le restaurant le Parc sans régler la note, n'ayant pas pour autant l'impression de partir comme des voleurs, juste ne pas avoir eu à régler l'addition, on aurait fait une promenade en suivant plus ou moins le chemin pour la raccompagner chez elle. MD aimait ce circuit allant de Raspail à Saint-Germain, c'était si rapide à pied, disait-elle. Oui, j'aurais sans doute rencontré d'autres gens qui la reconnaissaient au passage ou l'attendaient dans la rue. Ou même tournaient autour d'elle sans oser l'approcher pour lui parler. Peut-être qu'une jeune femme serait venue lui dire combien elle pleurait en la lisant, ou bien une autre aurait marché près d'elle le temps d'échanger quelques regards proches. Ça n'aurait rien changé, elle aurait refusé de me laisser lui parler de Lou à qui je pensais de plus en plus à mesure que le temps passait, m'inquiétant de savoir si elle allait attendre mon retour...

Elle ne voulait pas entendre parler de Lou, ce qu'elle aurait voulu, c'est que je lui parle de Yann, en fait que je la questionne sur Yann, de sorte que je me mette à l'écouter parler de lui.

Et c'est ce à quoi elle s'était déclenchée à faire finalement tout le long du chemin jusqu'à sa porte du 3ème étage de la rue Saint-Benoît où je l'avais déposée. Et puis quittée après de multiples échanges de regards soutenus, ponctués de ma part d'un "je m'en vais"...

Peut-être était-ce ce jour-là qu'elle avait cru possible qu'il se passe quelque chose entre nous. Oui, mais pas un quelque chose d'un amour amoureux, mais oui le surgissement d'une amitié amoureuse, certainement marquée d'une forte connivence.

Duras, c'était trop loin, elle était morte bien avant ma rupture avec Lou, et en conséquence bien avant ma rencontre avec Nia, je n'aurais donc jamais pu lui parler de cette éphémère aventure. Pourtant cette histoire l'aurait intéressée, j'en suis sûr. Elle m'aurait écouté lui en parler et en même temps elle aurait construit, selon elle, une histoire dont Nia aurait été l'héroïne. Jusqu'à me poser des questions sur les incohérences qu'elle voyait dans le déroulement de "mon affaire" que j'aurais alors continué de construire en ajoutant des épisodes en fonction de ses questions...

Un jour Marguerite m'avait demandé si mon Père, dont je lui parlais régulièrement, était un partisan du progrès. Oui il devait l'être puisqu'il était dans l'action, avait-elle poursuivi, alors qu'à cette époque toute la classe intellectuelle était plus ou moins contre le progrès.

Moi je ne le suis toujours pas à 100%, m'avait-elle confié, sans pouvoir décider si elle était contre.

Me revenait de ses phrases tirées d'un entretien qu'elle avait donné dans *Le Matin* du 4 juin 1986 et qui circulait beaucoup depuis quelques années, faisant dire à des influenceurs que c'était un discours clairvoyant et prémonitoire.

Elle disait: «Maintenant on pourrait presque enseigner aux enfants dans les écoles comment la planète va mourir, non pas comme une probabilité mais comme l'histoire du futur. On leur dirait qu'on a découvert des feux, des brasiers, des fusions, que l'homme avait allumé et qu'il était incapable d'arrêter. Que c'était comme ça, qu'il y avait des sortes d'incendies qu'on ne pouvait plus arrêter du tout.»

Bien sûr, il fallait replacer cette déclaration dans l'actualité de ce mois qui suivait l'accident de la centrale nucléaire de Tchernobyl, le 25 avril 1986...

Non, il ne fallait pas que je revienne vers MD. Il fallait "oublier Duras", ainsi que me l'avait balancé l'éditrice pour qui il fallait l'oublier carrément, même comme auteure, ce qui était outrancier pour le moins. De toute façon, Duras n'avait jamais eu autant de succès, j'avais rétorqué en rigolant, elle était même extrêmement présente sur les medias généraux autant que sur les réseaux sociaux. Maintenant elle était sur Youtube, même pas besoin de chaine à elle, c'était une chaine globale qui se formait élaborée par des lecteurs fans...

En tout cas, revenant sur *La Fiction d'Emmedée* que je voulais faire rééditer, l'éditrice soufflait qu'Il y avait déjà beaucoup de livres sur Duras, en plus, je devais comprendre que ce n'était pas le genre d'hagiographie qu'elle voulait publier, donc avis à bon entendeur.

Et puis c'était pour elle trop éloigné de ce qui se faisait, et de ce qu'il fallait faire, conclusion, je devais oublier Duras!

En fait je devais l'oublier comme j'avais oublié Lou, c'est ce que j'avais retenu ce jour-là de ce qu'elle voulait me dire, alors même que je croyais ne pas lui avoir spécialement parlé de Lou.

Cette éditrice, je l'avais croisée sur un site de rencontres que j'avais entrepris de visiter autant pour essayer de comprendre mes contemporains, et surtout mes contemporaines, que pour rencontrer quelqu'une de vraiment extraordinaire. Elle m'avait d'abord reproché d'être sur un site pareil, moi un écrivain, est-ce que je ne craignais pas d'être reconnu? Non, d'ailleurs je ne me cachais pas, j'avais tenté de l'en convaincre mais je voyais bien qu'elle ne me croyait pas... Je lui avais proposé de prendre un verre à Vavin. Elle avait choisi le bar de la Rotonde où venait diner régulièrement le nouveau Président.

Était-elle une fan du président? Est-ce qu'elle votait pour lui? Non, jamais, enfin, pas au premier tour, au second, bien obligé, y en avait pas d'autres de capables...

La Rotonde, elle y était venue souvent pendant sa jeunesse avec son groupe d'intellos de l'Ecole normale sup! Pas de sa faute si à un moment de sa vie, elle avait vécu avec ce groupe d'intellectuels qui étaient férocement contre Duras, genre à décréter que ce qu'elle faisait, ce n'était pas de la littérature.

Quand j'entendais quelque chose comme ça, je me sentais fort de la défendre. Je regardais à fond l'interlocuteur pour lui dire, déjà, toi, qu'est-ce que tu ferais comme littérature, ne serait-ce que dans ta vie? Quel genre de littérature tu ferais de ta vie?

Avec l'éditrice, ça tombait mal, justement que je venais lui proposer le roman que j'avais écrit sur Duras. J'avais précisé qu'il m'avait suffi de la mettre en piste pour que la fiction parte à grande vitesse...

On trouvait toujours le livre en occasion sur internet. Mais plus en librairie locale, parce que quand le premier éditeur Jean-Paul Bertrand du Rocher avait décidé d'en cesser la commercialisation, je lui avais demandé de me rendre les droits, ce qu'il avait fait avec une certaine gentillesse, pas pour se débarrasser de moi, ni particulièrement de ce livre sur Duras, je ne le crois pas, mais en conséquence il avait disparu. Or maintenant j'avais envie qu'il soit trouvable en librairie locale, et neuf!

C'était impossible de re-publier votre livre, elle avait décrété à peine ma phrase terminée. Le livre étant déjà passé par les circuits de distribution, il est sorti avec un numéro ISBN, c'est impossible. Ce qu'il fallait faire selon elle, c'était écrire un autre livre qui s'appellerait ''Oublier Duras'', comme ça vous pourriez écrire en toute liberté un nouveau texte. Pourquoi, pourquoi? j'avais insisté. C'est évident, vous avez besoin de l'oublier pour écrire votre propre littérature...

J'en étais revenu au livre, *La Fiction d'Emmedée*, qu'hélas MD n'avait pas pu lire puisque je l'avais terminé peu avant sa mort que d'ailleurs j'avais été très choqué d'apprendre par la radio. Personne n'avait pensé à me prévenir, même pas elle, j'en avais été atteint dans mon ego!

Bien sûr, ce roman était forcément imprégné de Duras puisqu'elle en était le sujet. Je n'avais même pas eu la possibilité de faire remarquer à l'éditrice que, depuis ce livre, j'en avais publié une dizaine d'autres, sans être dans le plagiat, me semblait-il. En réponse, elle m'avait répété que je devais oublier Duras, tant de fois que j'avais toujours l'écho dans les oreilles de cet "Oubliez Duras!"

Ensuite, elle s'était calmée pour s'enquérir de comment s'était passée la publication de mes premiers livres. Le premier que MD m'avait incité à "donner", comme elle disait, à son éditeur Minuit, publié deux mois après, préfacé par elle. Le second chez celui qui allait devenir pour un temp son nouvel éditeur dans une collection dite *Outside* créée par elle pour me publier...

Un enterrement de première classe, avait expectoré l'éditrice après un moment de réflexion, démontrant son côté boomeuse à travers l'utilisation d'une si vieille expression qui laisse comprendre que la deuxième et surtout la troisième classe, c'était forcément d'un rituel destiné aux plus pauvres..

Elle n'avait pas eu à me questionner davantage sur la publication de mes autres livres. Pour elle, c'était clair, deux premiers livres publiés par MD chez deux éditeurs différents, c'en était fini pour moi avec l'édition.

Revenez sur tout ça, racontez le à votre manière, mais gardez le titre, "Oublier Duras", c'est un très bon titre, elle avait conclu en s'esclaffant de rire! C'était le titre d'un court-métrage réalisé en 2014 par François Barat, je lui avais chuchoté sans qu'elle veuille l'entendre, le producteur de *Son nom de Venise dans Calcutta désert* et *Le Camion*.

Elle s'était déjà relancée sur MD lâchant qu'elle la trouvait vraiment gonflée "quand même", de me demander d'aller la rejoindre seul, en fait de m'empêcher de venir avec une concurrente possible pour elle.

Je ne me représentais pas les choses comme ça. Je n'imaginais pas Duras en concurrente de Lou. Sans doute pourquoi je n'étais finalement pas allé ce soir-là au restaurant le Parc, outre que j'étais trop amoureux de Lou pour la lâcher le temps d'une soirée.

Car le plus probable en effet était que si j'étais allé seul retrouver Marguerite au Parc, Lou se serait fâchée. Je vois qu'elle se serait sauvée avec son petit sac de voyage, par conséquent je ne l'aurais pas retrouvée chez moi où elle vivait depuis ma proposition de s'y installer, pour voir, un petit mois ou deux, au cas où elle s'y sentirait bien.

Si elle était en effet partie, bien sûr je me serais dit que ç'aurait été un retour à la situation antérieure quand j'étais seul et que j'allais rendre visite à Marguerite quand elle était seule elle aussi.

Dans mon souvenir, je n'étais pas allé retrouver MD à son restaurant Le Parc, j'avais choisi de passer la soirée avec Lou. Et je me réjouis encore d'avoir fait ce choix.

Cependant, m'était souvent revenue la question de savoir ce qui se serait passé si j'y étais allé voir Marguerite sans Lou? Je n'aurais pas passé la soirée entière avec elle, je serais resté un moment à parler, le temps de manger un plat de riz que je n'aurais pas terminé. Puis j'aurais souhaité rentrer chez moi pour retrouver Lou, sans savoir si elle aurait eu la patience de m'attendre.

Pour excuser mon départ rapide, j'aurais promis à Marguerite d'aller la voir seul le lendemain, ou un de ces jours dans la semaine si elle préférait. Et je serais allé chez elle où j'aurais rencontré la belle photographe, celle avec qui j'échangeais souvent des regards assez intimes, qui était semble-t-il toujours en couple avec un acteur pour qui j'avais beaucoup de sympathie d'ailleurs...

Trop loin tout ça, je ne faisais que ressasser! Il y avait déjà si longtemps que MD avait disparu, il n'empêche que je continuais de lui dire ce que je ne disais pas à d'autres. Je continuais de lui parler de ce qui l'aurait intéressé. Et surtout de lui raconter ce qu'elle n'avait pas pu vivre faute de ne plus être vivante.

Courant octobre 2018, je vois monter la colère des Gilets jaunes. Pourquoi le gouvernement n'intervient pas, je m'en étonne? Je vois croitre le péril "jaune", même si pour MD à une époque c'était le peril chinois.
Je le vois croitre comme j'avais vu à travers les dépêches de presse publiées dans les différents medias les djihadistes "descendre" inexorablement vers Bamako au Mali en 2013. Je ne compare evidemment pas les Gilets jaunes aux djihadistes. Je dis que j'ai "vu" se déclencher le mouvement des Gilets jaunes de même que j'avais presque "vu", à travers les infos, communiqués ou vidéos, la progression des Jihadistes vers le sud sans que rien ne semble les arrêter...

Aurait-ce été si compliqué d'annuler, d'ajourner au moins, oui de reporter la mise en application de la taxe carbone? Aurait-ce été si difficile de contacter différents leaders appelant à la manifestation du 17 novembre 2018 pour comprendre ce qu'ils voulaient et considérer ce qui aurait pu les satisfaire au bas mot... Aurait-ce été si compliqué de prendre les mesures qui ont été prises par la suite, après la révolte plus ou moins maitrisée des Gilets jaunes, en effet la suppression de la hausse de la taxe sur les carburants.
Il y a eu un évitable rapport de forces inutile. Un premier ministre qui se faisait fort de contenir cette vague qu'il avait un peu provoquée avec l'instauration de la limitation de vitesse à 80 km/h sur les routes locales.

Ça j'aurais bien aimé en parler avec MD, elle qui était si passionnée par les informations qu'elle captait à travers les journaux télévisés. On aurait discuté du choix d'occuper les rond-points de circulation qu'elle détestait. Je lui aurais dit qu'il y avait eu une tentative de faire sauter le pouvoir comme le démontrait la mise à feu, racontée par une ministre effrayée, de la préfecture du Puy-en-Velay où se trouvait le Président qui avait dû s'enfuir pneus crissants, de toute urgence, pourchassé par des activistes déterminés à lui faire la peau. Et il y avait aussi l'incendie de l'Arc de Triomphe, et des départs de feux dans des hôtels particuliers du 16ème arrondissement, et encore des tentatives d'encerclement du Palais de l'Elysée avec comme objectif d'occuper le lieu du pouvoir et de capturer son chef...

Bien sûr qu'ils avaient de multiples raisons d'être en colère, en plus de réagir à l'augmentation des prix des carburants qui avait déclenché une manifestation de révolte extrêmement suivie. En tout cas le premier samedi du mouvement, car ensuite elle avait été délaissée par une majorité de gens qui désapprouvaient le chemin de violences emprunté, celui justement de la volonté de se soulever contre le régime... A quoi il fallait ajouter les violences policières perçues comme telles par des gens plus ou moins venus en famille, pas habitués à se faire lacrymogéniser ni à être la cible de jets de grenades blessant gravement jusqu'à éborgner des manifestants...

Quand je suis arrivé au Restaurant Le Parc, presque aussitôt, à peine j'avais eu le temps de m'assoir en face d'elle, et avant même que je commande quoi que ce soit, Marguerite m'a dit, tu connais la nouvelle ? Bien sûr que je ne la connaissais pas. Eh bien Emma, la photographe, tu vois qui c'est? En couple depuis des années avec Gemmy, vient de le quitter, ça me fait un choc. En même temps, elle est libre, d'ailleurs je t'en parle parce que ce serait une belle petite femme pour toi...

Ce jour-là, j'ai pensé simplement qu'elle était en pleine écriture d'un de ses romans, je ne sais plus lequel d'ailleurs, tellement elle en avait toujours un en cours. En tout cas toujours un livre qui suivait le dernier terminé!

Mais non, ce n'était pas seulement de l'écriture de roman, parce que le surlendemain elle m'en avait reparlé. Tu sais qu'elle est libre maintenant, Emma, cette fille, elle est superbe, elle est magnifique, c'est la plus belle fille du monde... Tu vois de qui je parle, la photographe qui était avec Gemmy avant ? Je les ai à diner demain soir, ils tiennent à venir tous les deux pour me saluer une dernière fois ensemble.

C'est cruel, je lui avais dit, moi à sa place, je ne viendrais pas. Tu parles de qui, elle avait demandé, des deux? Non, de moi, j'avais corrigé, signifiant que je ne serais surement pas venue la saluer en compagnie de Livia pour officialiser notre séparation. D'ailleurs en effet on n'était pas allé la saluer tous les deux quand on s'était séparé, ni jamais depuis...

Et on n'en avait pas parlé davantage, jusqu'au lendemain soir où je m'étais rendu chez elle, à l'heure du diner, avec un peu d'avance, comme à mon habitude. Elle avait été extrêmement surprise de me voir. J'arrive trop tôt, j'avais demandé ? Non, pas trop tôt, je ne pensais pas te voir ce soir, tu m'as bien dit hier que tu ne voulais pas venir les revoir tous les deux ensemble.

Bon, comprenant qu'il y avait eu un malentendu, pourtant persuadé que je lui avais répondu que je viendrais, j'étais sur le point de repartir mais elle m'avait retenu. Reste, j'ai invité une autre personne à ta place, ce sera très bien vous tous. Peu de temps après, le couple Emma et Gemmy arrivait.

Je me retrouve assis près d'Emma tandis qu'une chaise restait étonnamment vide en face de moi, à croire que personne ne viendrait, et ce jusqu'à la survenue de Livia. J'en avais été estomaqué. Marguerite avait invité mon ancienne amour devenue une de ses confidentes. Celle pour qui j'avais été plus qu'un amant régulier et qui avait été pour moi le plus grand amour de ma vie, en tout cas jusqu'à ma rencontre avec Lou!
J'étais resté figé sur ma chaise, incapable de dire un mot tandis que ma tête fonctionnait à rebours. J'avais été si triste de ne plus la voir depuis tant de mois, j'avais tellement aimé son corp. Voilà que plein de scènes défilaient dans ma tête. Des scènes étonnamment sexuelles, brûlantes de désir que je n'avais pas imaginé avoir conservées en mémoire, d'autant qu'elles se ressuscitaient les unes les autres...
Voilà que j'entends Livia me reprocher sur un ton badin de ne pas lui avoir donné de nouvelles. Tu n'as pas cherché à me revoir comme je t'avais demandé ? Question ambigüe, en effet je ne l'avais pas recherchée aucunement, persuadé qu'elle me l'avait demandé. Autour de moi on s'en étonnait, comment tu ne la revois pas, jamais?

Oui, désolé, je t'ai laissé tranquille, puisque tu ne voulais plus qu'on se revoie, souviens-toi, tu voulais attendre avant de se revoir. Attendre quoi ? Tu ne me l'as jamais dit et je ne le sais toujours pas, sans doute que le temps passe. Tu me demandais d'attendre, attends, tu verras. Tu étais sûre qu'on se reverrait!

J'avais oublié que tu n'aimais pas revoir tes anciennes amours, m'avait-elle répondu, ajoutant que cela lui était incompréhensible. D'ailleurs je ne comprends toujours pas pourquoi, quand on s'est tellement aimés, on peut ne pas se revoir...
Je l'avais interrompue, on ne peut pas en effet! Et je l'avais relancée, tu ne faisais que dire que tu étais sûre qu'un jour on se retrouverait...
Livia n'en était plus là, elle était toute joyeuse en face de moi, de l'autre côté de la table, qui me souriait des yeux: Tu vois c'est fait, on s'est retrouvé!

En quoi et pourquoi je m'étais réveillé au petit lendemain de ce diner dans un lit en compagnie d'Emma et pas de Livia ni de personne d'autre? A part expliquer que chez Marguerite on buvait du vin hors de raison.
Ni Gemmy ni Livia ne se trouvaient dans l'appartement en ce matin-là. Je m'étais levé assez vite sous le prétexte d'aller préparer un café, en fait pour aller prendre des nouvelles auprès de Marguerite sur le déroulé de la soirée. Oui mais elle

n'était pas là, sans doute partie travailler au fin fond de son petit parc embaumé de roses. En tout cas, il n'y avait personne dans l'appartement.
J'étais pourtant allé frapper à toutes les portes que j'avais entrouvertes pour m'assurer qu'il n'y avait personne, ou plutôt pour vérifier s'il y avait quelqu'un! Même celle de Marguerite? Je t'ai dit personne, pas de Marguerite ni de Livia ni de Gemmy...

Tu veux en savoir plus? Nia, à qui j'avais raconté cette soirée, voulait connaitre la suite, oui elle voulait que je lui raconte comment ça s'était terminé?
Eh bien quand j'étais revenu avec les deux double-cafés, j'avais bien dû le constater, Emma avait disparu. Il y avait juste ce mot déposé sur le lit : Ne cherche à me revoir jamais!
Au moins, c'était une histoire terminée, m'étais-je dit. Au ton du mot je pouvais comprendre que ce n'était en aucune manière utile d'insister au cas où j'aurais eu l'intention de la revoir. Cependant le mot dans sa formulation, rejetant le jamais en fin de phrase, ne levait pas totalement le doute, d'autant que souvent les gens affirment le contraire de ce qu'ils veulent au fond.

Le surlendemain, Marguerite m'avait raconté que vers la fin du repas, après une grosse dispute avec Emma, Livia avait disparu. Elle avait beaucoup insisté pour que Emma reste avec toi. De fait, elle était partie avec Gemmy et toi tu as continué de boire

avec la seule qui restait, Emma... Tu ne te souviens pas? C'est grave, ça veut dire que tu pars dans l'oubli de toi-même!
En conclusion, elle m'avait dit qu'elle pensait qu'il vaudrait mieux que je me remette au travail, qu'il ne fallait pas que je traine trop avant de proposer un autre roman, sinon les libraires, ils t'oublieront, c'était comme ça... Clairement, elle me donnait le conseil d'écrire plutôt que de courir les fêtes parisiennes!
Oui, mais ce que je voulais, je lui avais répondu, c'était produire quelque chose de nouveau, pas d'écrire un roman pseudo policier pour les amateurs de bons bouquins.
Marguerite n'avait d'abord pas semblé intéressée par mon assertion, puis finalement, m'avait dit, oui, je suis comme toi, je n'aime pas le mot bouquin.
Et puis elle m'avait questionné sur la séparation d'Emma et Gemmy, j'en pensais quoi? Non, franchement rien. Tout de même, tu as couché avec elle?... On a dormi, enfin, elle a parlé. Elle m'a répété toute la nuit qu'elle ne s'entendait plus avec son mec. Qu'elle n'éprouvait plus de désir pour lui, qu'il n'y avait plus entre eux d'amour bien fait. Que ça ne marchait plus comme avant, de moins en moins, et même peu à peu plus du tout...
La plupart du temps, c'est pour ça que les gens se séparent, avait dit Marguerite. En tous cas, c'est pour ça que les femmes partent, quand elles n'ont plus de désirs, quand elles n'ont plus envie de baiser avec leur chéri. Et quand elles refusent de baiser, ça

énerve beaucoup les hommes, ça peut même les rendre fous furieux s'ils ne deviennent pas carrément violents, voire gravement dangereux. C'est sûrement à l'origine des violences conjugales et une explication possible du nombre toujours élevé de féminicides.

Après sa disparition avec Gemmy, je n'avais plus eu de nouvelles de Livia et jamais je n'avais cherché à la revoir. Complètement convaincu désormais qu'il ne fallait pas revenir sur les chemins du passé. Surtout, j'avais compris que quelque chose avait recouvert irrévocablement tout ce que j'avais vécu de cet amour formidable... C'était l'arrivée de Lou dans ma vie. C'était l'amour de Lou qui m'avait envahi jusqu'à recouvrir cet amour pour Livia;
Donc je ne la rappellerai pas, je n'attendrai plus qu'elle m'appelle. C'était presque d'évidence après ce dîner bizarre. D'ailleurs je ne l'ai plus jamais revue, vraiment, c'est curieux. Pourtant la ville n'est pas si grande, à croire qu'on ne sortait pas dans les mêmes endroits, ou jamais aux mêmes heures!

Livia, je l'avais connue bien avant Lou, Emmedée le savait. Et Lou, je l'avais quittée avant que je connaisse Nia. Oui, un peu avant de connaitre Nia dont maintenant j'étais également séparé. A croire que la vie n'était faite que de séparations. MD en riait, ne me lâchant pas ni à propos de Livia ni de Nia.

Elle en riait et moi aussi car je me réjouissais de ne pas avoir connu de séparation avec elle, MD, que j'avais rencontrée un jour et que j'ai toujours connue ensuite. Même après sa mort, je n'ai pas cessé de la connaitre. Et toujours depuis. Je la connais pour toujours.

Mais qu'est-ce qui avait fait que je me laisse emporter à lui débiner le tout?
D'abord je me rendais compte qu'avoir revu Livia m'avait conduit à la confondre avec Nia. Ainsi tout comme pour cette dernière, je ressentais, telle une évidence, qu'il ne fallait plus chercher à la revoir. Pourtant quand je pensais à Livia, je pensais tout le temp à Nia, en fait à son corp dont je ne pouvais me détacher, j'en étais à me représenter sa densité ni trop ferme ni trop molle... Je finissais par penser qu'elles avaient toutes deux un corp ayant une sorte d'épaisseur fine comparable. Et en effet, curieusement, ç'avait été un amour comparable en intensité passionnelle. Sauf que Livia était de couleur blanche d'Europe et Nia de couleur noire d'Afrique.

Souvent, Livia et moi, nous nous étions dit ce que nous nous disions il y a peu encore avec Nia. Que jamais nous n'avions aimé quelqu'un aussi fort. C'était quand on était dans un échange de baisers de lèvres qui n'en finissait plus, pas même pour reprendre notre souffle, hormis peut-être quand nos lèvres finissaient par nous faire mal à force de se frotter l'une à l'autre..

Nia, ç'avait été tout nouveau pour moi, par exemple qu'elle dise je t'aime, pour rien, ou parce que je venais de la baiser longuement sur les lèvres, ne m'arrêtant que pour la regarder jusqu'au fond des yeux... Et puis qu'elle use de quelques armes secrètes que n'avait pas Livia, ainsi elle savait en experte caresser mon corp de ses seins et ça me rendait fou. Surtout qu'à un moment, c'était avec ses lèvres qu'elle le faisait.

C'est peut-être ce qui expliquerait que durant cette période finalement courte où Nia et moi avons été ensemble, j'avais été constamment à son écoute, en attente d'elle, alors que c'était l'inverse avec Livia qui était elle à mon écoute.

Même quand Nia était près de moi, je pensais à consulter mes messages pour voir si elle ne m'en avait pas envoyé un que j'aurais manqué, étant entendu que j'espérais surtout que j'en trouverais plusieurs.

Oui avec elle, tout avait changé pour moi, on écoutait de la musique joyeuse à plein volume, de toute façon elle chantait tout le temp, je la voyais qui toujours dansait, bougeait, riait... Ses habits colorés n'étant que le décor de son énergie!

Enfin, ça c'était au mieux de ce qu'on avait vécu, car depuis une scène de bisbilles dans la rue, j'étais absolument déterminé à ne plus la revoir. A ne surtout pas recommencer, ce que je me répétais alors que j'avais failli craquer à plusieurs reprises.

42

Ainsi un jour, j'avais répondu machinalement à un de ses appels. Elle proposait qu'on se retrouve en ami dans un club de jour, j'avais craqué... C'était comme elle voulait; si c'était en ami oui, pourquoi pas? Elle avait vivement acquiescé, me rappelant aussitôt qu'elle voulait bien qu'on redevienne amants... Et là, dans la façon de le dire, j'avais visualisé quelques-unes de ses armes secrètes dont elle savait se servir pour me posséder. Finalement je n'avais pas répondu davantage. Pas pu dire non, ni oui non plus!

Après, je ne l'avais plus rappelé Nia, tout comme Livia depuis ce jour du diner chez Marguerite. De toute façon, Livia c'était bien trop loin. N'empêche qu'elle revenait régulièrement me perturber dans des myriades de souvenirs, comme si ma volonté d'oublier Nia rappelait l'énergie que j'avais dû fournir pour ne plus voir Livia.

Aujourdhui j'en étais donc à me remettre de la séparation d'avec Nia, me disant qu'on avait finalement vécu en très peu de temps plus que tout ce qu'on aurait imaginé vivre et même fantasmer toute une vie avec nos corps!
Il suffisait donc que je ne la vois plus et que je l'oublie. Je me promettais dès le matin, sans oublier avant de m'endormir, que je ne répondrais pas aux messages qu'elle ne manquerait pas de m'envoyer encore. Cependant je craignais que mes promesses soient de celles des buveurs de boisson, car à un

moment ou à d'autres j'aurais forcément envie de la rappeler, comme cela arrivait avec Lou. Oui, bien sûr, à un moment je serais sur le point de l'appeler pour avoir de ses nouvelles, entendre sa voix me proposer de nous revoir. Pour elle, insistait Nia, il n'y avait pas de souci...

Des images me submergent. Je la vois qui marche comme dans la savane, bougeant son corps effilé de marathonienne. Je vois ses mains, je lui dis que ses mains sont bien faites, je vois tout son corps, je lui dis qu'il n'est vraiment pas difficile à masser, que c'est un corps fait pour être caressé.

J'en étais boosté dans mon quotidien mais curieusement pas dans mon travail, elle me troublait trop. Elle était excessive, changeante, imprévisible. Un soir elle disait que nous étions solides, on pouvait s'épauler l'un l'autre, et puis un matin elle me sortait des phrases définitives sur les blancs. J'en étais un comme les autres, ils sont tous pareils. Ou bien, ils sont pas si libres que ça les blancs... Nous les africains on est vraiment très différents des blancs dans notre culture, on n'est pas pareil... Ce qui avait son poids, même si c'était une forme d'évidence naïve.

Durant cette période de notre amour, qu'elle avait évalué à huit mois, huit jours et huit heures, comme si on l'avait programmé en court-métrage, on restait accrochés même quand on n'était pas ensemble, se

gardant liés par le signal de la connexion. Si je me retrouvait seul, un doute sur nous deux pouvait me prendre en voyant que dans son dernier message elle n'avait pas dit je t'aime, comme d'habitude, elle avait juste écrit "je t'm beaucoup" !
Quand on était ensemble, jamais on se demandait à quelle heure on allait se quitter, même quand le moment du départ arrivait inévitablement. Parfois ce pouvait être une bribe de phrases lancée par l'un de nous : « ce soir tard ou demain matin? »

Tout ça, c'était bien avant. Trop loin en arrière! Retour à MD qui ces temps derniers s'inquiétait pour ma santé.
Tu n'es pas malade, elle non plus?... Vous n'êtes pas malade? / Ni elle, ni moi / Vous n'avez pas eu la maladie? / Non / Jamais vous n'avez été malade? / Non, jamais / Je connais des gens qui l'ont eu trois fois / Non, je n'ai aucun symptôme, elle non plus / Mais tu tousses... / Oui je tousse depuis au moins deux ans, bien avant de la connaitre... / Vous avez fait un test?... / On a rien, on est négatifs... / En réalité, vous pouviez être positifs et ce jour-là être redevenus négatifs!...

Avait suivi cette interrogation de Marguerite, est-ce que tu crois que vous allez vous séparer, toi et Lou?.. Faute de réponse, elle avait formulé sa question autrement. Est-ce que tu imagines que vous serez encore en couple dans dix ans? / Oui je crois, j'avais répondu.

Lou aussi avait répondu oui, mais faiblement...

C'est ce jour-là qu'on avait parlé de la petite goutte qui restait après avoir fait pipi, aussi bien chez les hommes et chez les femmes, qu'il fallait essuyer, avait dit Marguerite, enfin pour les femmes. Emmedée aimait beaucoup relater ces petits faits intimes...
Je ne savais pas qu'elle était commune aux hommes et aux femmes, avait dit Lou heureuse de parler d'autre chose que de notre avenir d'amants. Les hommes peuvent faire tomber la goutte, non?
MD avait insisté pour que j'explique ce que je faisais moi comme mec, à part utiliser du papier pour sécher. Ou passer sous le robinet d'eau et, s'il n'y en avait pas, la secouer la bite.

Depuis, Lou et moi, on s'était séparés. MD le savait parfaitement, elle l'avait compris très tôt, alors qu'elle n'aurait pas pu en avoir connaissance, ni la vivre en concomitance, puisqu'elle était morte bien avant cette séparation.
Elle l'avait intégrée dès la première fois où elle nous avait vus ensemble, la première fois où nous étions allés la rejoindre au Parc, je ne sais plus à quelle occasion si c'était avec Yann ou pas.... Pourtant on formait un beau couple, comme elle le dira ensuite presque chaque fois qu'elle nous verra.

Un midi d'un jour habituel, Lou et moi on avait organisé une rupture sans le dire...

Voilà, on a juste échangé un baiser sur les lèvres et puis on s'est séparés. On n'avait pas dit: "'on s'appelle'", en se quittant, comme on se le disait chaque fois. Le soir, on ne s'était pas appelé, le lendemain non plus, pas de "à la prochaine", c'était fini, il allait falloir s'habituer au manque.
Une séparation peut t'abattre ou te redresser, m'avait dit MD !

Des années après, je vis toujours cette impression de vide calme d'après la séparation avec Lou. Je suis encore attentif à un éventuel message autant que je ne le souhaite pas, je persiste à être sur mes gardes...
Souvent je vois que Lou va revenir avec son petit sac de voyage, je vois qu'elle va s'installer au coin de la fenêtre, devant son ordi, comme si c'était un feu de cheminée, et continuer d'y créer ses tissus décoratifs.

Comment j'ai connu Nia? MD aurait pu me le demander, tant elle était avide de tout savoir. J'aurais pu lui répondre en me laissant partir dans la fiction à sa manière, comme elle savait si bien le faire.
Donc je m'étais lancé à inventer notre rencontre selon elle. J'avais raconté avoir envoyé une demande d'amitié sur Facebook à une fille que j'avais trouvé belle et dont les posts m'avaient intéressé. Et puis je l'avais oubliée, sauf à la voir passer de temps à autre sur le fil d'actualité, sans jamais liker. Et voilà, qu'un jour je m'installe à une terrasse de café et, qui je

vois en face, à deux tables? Cette fille-là, elle que d'ordinaire je voyais passer sur mon écran donnant des petites nouvelles sur ses activités...
J'étais presque sûr que c'était elle mais je ne l'étais pas complètement. Elle portait des lunettes que je n'avais pas remarquées jusqu'alors. Je m'étais approché d'elle en quittant cette terrasse. Elle ne m'avait pas regardé spécialement, elle ne m'avait pas reconnu. Juste pensé qu'il fallait que je mette à jour mes photos sur mon profil Facebook dès que je pourrais...

j'avais expliqué à MD qui ne semblait pas se satisfaire de mon explication, que c'était impossible de lui raconter comment je l'avais rencontrée en vrai, c'était tellement bizarre, j'étais sûr qu'elle ne me croirait pas.
D'un autre côté je savais qu'elle ne me lâcherait pas tant que je ne lui aurais pas raconté en détail!
Toujours bizarres, les rencontres, j'avais dit. Toujours arbitraires, sinon ce ne sont pas des rencontres, elle m'avait répondu.

Nia, c'était une maline ingénieuse, elle avait trouvé un système avec son téléphone intelligent pour envoyer un bip sonore sur le téléphone du passant qui passait si celui-ci lui plaisait. Je crois que la plupart ne faisait pas attention, l'appel étant noyé parmi d'autres notifications.
Donc un jour, j'avais repéré au loin une fille qui semblait marcher tout en dansant sur place. Alors je

l'avais prise dans mon champ de vision, conservant en mire sa silhouette. Et j'avais maintenu mon regard sur elle jusqu'à la croiser, captant à ce moment une notification vibrante sur mon téléphone que je tenais dans la main.
Voyant un numéro s'afficher, j'opère aussitôt pour le rappeler et je constate qu'elle sort d'un de ses sacs son téléphone qui siffle. Elle avait éclaté de rire et moi aussi, et nous nous étions mis à parler... Je voulais connaitre son âge, elle me paraissait si jeune, et elle, elle voulait savoir ce que je faisais dans la vie tant je ne ressemblais à rien de déterminant derrière mon masque anti-virus.

MD me dit que précédemment je lui ai raconté une autre version sensiblement différente. Oui, c'était parce que Nia ne voulait pas que j'ébruite sa technique consistant à envoyer une notification au passant qui lui plaisait...
En vrai, Nia était quelqu'un qui avait l'habitude de parler. Et de parler seule, comme beaucoup d'entre nous le faisons désormais. Souvent on parle seul, en marchant dans la rue, pourquoi ça serait gênant? D'ailleurs on peut toujours expliquer qu'on parle au téléphone avec son kit mains libres?

Il se trouve que le jour où j'ai croisé Nia pour la première fois, j'ai pensé qu'elle parlait toute seule. En effet, à mesure que je m'étais approché d'elle, je l'entendais qui parlait. Et puis je vois quand je passe à sa hauteur, qu'elle me regarde en parlant, alors que je ne vois pas d'écouteurs à ses oreilles. Je crois donc qu'elle me parle à moi, du coup je m'adresse à elle, excusez-moi, je ne suis pas complètement sûr d'avoir compris ce que vous m'avez dit...

Qu'est-ce qu'elle faisait cette fille? Ce devait être une roucouleuse, non? Elle t'a demandé aussitôt de lui prêter de l'argent? Non, pas de lui prêter!
Elle travaillait dans une petite entreprise de services à la personne. Elle n'était pas vraiment contente de son job. Un jour elle avait subtilisé des prospectus de cette boîte et, à la liste des services, juste après "ménage repassage", elle avait ajouté "massage naturiste", avec joint son numéro de téléphone. Et elle avait scotché un de ces prospectus sur un banc public du boulevard du Montparnasse.
Je n'ai jamais su si elle avait déposé beaucoup de ces petits papiers avec comme première intention de monter un bizness. Ou si elle en avait posé un seul comme elle me l'a affirmé plusieurs fois, tout comme elle m'avait assuré qu'à part moi, personne n'y avait répondu. J'avais vu ce petit papier de publicité comme s'il avait été déposé là pour moi avec l'idée qu'un massage, certes payant, pourrait me conduire en moins d'une heure à une aventure amoureuse.

C'est d'ailleurs ce que m'a dit tout de suite Nia, originaire de Tanzanie, qu'on pouvait faire des massages et devenir amoureux. Et à vrai dire pour nous ça a été le cas, une sorte de coup de foudre

nous a chopés à peine on avait fait une dizaine de mètres ensemble. Car, sans réfléchir plus que cela, après avoir découvert son papier sur le banc, j'avais composé son numéro, et elle m'avait donné rendez-vous le jour même devant une banque. J'imagine que ça lui avait paru faire sérieux par rapport à de futurs clients, si elle en avait eu plusieurs, ce que j'avais vite écarté sous l'influence de mon sentiment amoureux exclusif.
Par contre j'avais été très vite intrigué par son apparence juvénile qu'elle cultivait dans sa manière de parler en riant constamment, au point de m'inquiéter de savoir si elle n'était pas une de ces mineures isolées qui trainent de plus en plus dans les grandes villes européennes.
A ma grande surprise, cela lui avait plu que je lui demande son âge et encore plus que je dise qu'elle avait l'air d'avoir 20/25 ans, soit parce que je la rassurais en ne la jugeant pas avoir 17 ans, soit parce que je la rajeunissais alors que, comme je l'ai su plus tard, elle en avait 40.
Nous avons marché l'un près de l'autre vers chez moi où j'avais proposé d'aller. Je me rappelle la plaisanterie que j'avais faite en réponse à sa question de savoir si c'était encore loin. Tu vois, la petite place au loin? Là-bas, au fond, il faut prendre à gauche et puis à droite, et marcher une bonne demi-heure, pas plus. Non, je plaisante, on est arrivé!
J'avais été particulièrement heureux de pouvoir lui dire je t'aime dès cette première fois. En toute liberté, sincèrement, avec spontanéité, sans réserve

aucune. Ce qui m'avait fait drôle, tellement je l'avais réservé à Lou ce je t'aime, même si cela faisait déjà beaucoup de temps que je ne lui avais plus dit.

Au premier ébat d'amour, J'avais vu qu'une histoire métissée se précisait, en même temps que s'installait l'incompréhension existant entre le Nord et le Sud de la planète. C'est ce que je penserai lorsque Nia me sortira dès ce premier jour un "T'es raciste toi, tu es comme tous les blancs, t'es raciste!". Et de nombreuses fois ensuite malgré mes protestations, sachant qu'il est difficile de prouver à chaque instant qu'on ne l'est pas!
D'autres de ses phrases me vantaient des traditions contre quoi je m'étais bagarré durant toute une partie de ma vie d'européen... Des règles concernant les enfants que je croyais bien connaitre, la prédominance des hommes ou la soumission des femmes... Chez les Massaï, il y a le respect des anciens, pas comme chez vous assénait-elle... Dans ces traditions-là, je voyais le modèle de l'homme qui, parvenu à 60 ans, radotait toutes les formules qu'il avait ingérées durant sa vie entière...

Surtout, j'ai vite compris que Nia cherchait à prendre de l'ascendant sur moi.
A peine nous nous connaissions qu'elle me mettait la pression sur tous les points d'échanges, comme son africaine de mère devait traiter son père.
Me revenait que dans la rue, la dernière fois qu'on s'était vu, elle m'avait crié qu'elle avait été violée à 8

ans, mais par qui? Était-ce la raison pour laquelle elle était partie à cet âge vivre chez ses grand-parents? Pourquoi ne me l'avoir dit qu'après notre séparation?

Avant, il y avait eu une bagarre entre Lou et Nia. Un peu comme celle qui s'était produite des années avant entre Livia et Lou.
Il s'était passé que Lou, pour me chercher des noises, était entrée sans prévenir dans la chambre où Nia et moi étions en train de nous lancer à l'amour. Elle s'était mise à m'insulter, feignant d'ignorer la présence de Nia, persistant à se montrer la cheffe de l'amour dans la compétition en cours...
Ce jour-là, c'était Lou qui avait alors pris le rôle de Livia, enfin, c'est plutôt moi qui le lui avais donné!

Depuis que je ne vois plus Lou, je regarde davantage autour de moi. Est-ce que je la cherche constamment et partout? Ou, au contraire, que libéré d'elle je regarde en tous sens ce qui arrive aux autres gens. Parfois même je crois voir Livia alors que je ne l'ai plus vue depuis longtemps et que d'ailleurs, aux dernières nouvelles, elle ne vit plus dans cette ville.
C'est ainsi le jour où je ne peux pas quitter des yeux cette inconnue qui arrive à la terrasse où je me trouve et que j'ai d'abord cru être Livia. Je la suis des yeux, je ne la lâche pas. Elle s'est assise à quelques tables de la mienne, elle est en attente je suppose de son copain qui surgit au moins un quart d'heure en retard, ce qu'il reconnait d'une voix forte en

s'excusant sans s'excuser. Il lui propose de changer de place pour se mettre au soleil, ou plutôt à l'ombre, il préfère, et puis de s'installer à une autre table. De toute façon, il n'allait y rester que deux minutes parce que son téléphone vibrait sans arrêt, démontrant son haut niveau d'activité. Je suis convaincu qu'elle l'a quitté le jour même, je l'espère.

Je le lui demanderais plus tard, une fois découvert que c'était une voisine de l'immeuble presque en face du mien. En effet elle ne l'avait jamais revu ce type, trop grossier, elle l'avait jeté, bon, mais ça fait mal quand même, ils avaient partagé de la tendresse...

Ensuite, quand elle s'est levée pour partir, je me suis levé aussi afin de lui parler.

J'essaie de le faire sans être intrusif. Alors je me débrouille comme un vrai demeuré : Vous allez à la campagne ou bien vous partez travailler à votre bureau ? Je ne sais pas pourquoi je lui ai posé cette question inhabituelle. Sans doute que je me sentais devoir ne pas me comporter en dragueur ordinaire.

Toutefois ma question, restée sans réponse, avait déclenché quelque chose entre nous, ainsi nous sommes nous regardés un long moment, puis je lui ai souhaité bon courage et je suis parti.
Elle avait paru surprise de mon départ subit restant debout sur place tandis qu'elle me répétait « à la

prochaine, à bientôt, on se reverra ?» Oui, ça me convenait.

Dans l'heure je l'avais retrouvée sur les réseaux sociaux, Florès c'était son nom, elle "suivait" des gens que je suivais, incroyable, elle était amie avec Lou et Nia... J'avais cherché si elle l'était également avec Livia. Non, je n'avais pas trouvé Livia qui fuyait toujours les réseaux sociaux. C'était un principe chez elle de ne pas aller sur les réseaux, ne serait-ce qu'à cause du nom déjà, elle disait.

La rencontre avec la voisine Florès, c'était sympa parce qu'on était en pleine période du premier confinement de lutte contre l'épidémie de la covid-19. Alors, on se voyait tous les jours par la fenêtre pour applaudir les soignants à 20 heures. Et comme les fenêtres étaient toutes ouvertes, on se faisait des signes chaleureux comme avec tous les autres voisins. Jusqu'au moment où on a commencé à se fatiguer d'applaudir tous les soirs, non que notre envie de remercier les soignants ait faibli mais exporter le son de nos vies depuis notre confinement devenait trop lourd.

Et on a arrêté d'applaudir parce que c'était la fin du premier confinement, sans savoir qu'il y en aurait d'autres. En tout cas, pendant plusieurs jours on ne s'est plus vus et curieusement on n'a pas cherché à s'envoyer quelques messages. Donc plusieurs fois je suis sorti dans la rue en espérant croiser cette voisine Florès, on n'avait pas semble-t-il les mêmes horaires, ce qui n'était pas de bon sens puisqu'on n'avait plus d'horaires obligés ni réguliers. Sauf quand je m'imposais d'être disponible pour indiquer le chemin aux gens qui le cherchaient et venaient me le demander.

Un jour je l'ai vu arriver dans sa voiture, alors j'ai attendu qu'elle stationne pour lui parler. C'était mieux avant, je lui ai dit, au moins pendant le confinement on se voyait tous les jours, maintenant on ne se voit plus. La preuve que si, elle m'a répondu, puisqu'on se voit. Éberlué j'étais, assez pour lui lancer, alors à la prochaine, avec plaisir !

Cette pandémie, je me disais, c'est un truc de fou, on est tombé dans un truc de fou. Parfois, en effet, marchant dans la rue, le masque sur le visage, on pouvait se croire dans une mauvaise fiction, genre 1984. En réalité, il y avait juste nous tous et un virus.

Le confinement, au début, on ne se rendait pas compte de ce qui arrivait. A part qu'il y avait cette autorisation qu'on devait signer pour sortir et qui finalement nous donnait un peu d'existence à défaut d'être absurde. Puisque sans savoir comment l'idée avait pu naitre dans l'administration, on s'autorisait soi-même à sortir, à marcher, faire des courses, se rendre chez un médecin. Mais normalement pas pour aller voir des amis, d'autant qu'on avait selon les cas un rayon d'action à respecter. Cependant, en y réfléchissant, c'était quand même mieux de s'autoriser soi-même qu'avoir à quémander une autorisation de sortie à une autorité administrative comme au pensionnat ou à l'armée!

À cette époque, je pouvais dire plusieurs fois par jour que j'étais angoissé ou que j'avais peur. Mais par quoi et de quoi, me demandait Marguerite? De tout et partout, je répondais ! Tu veux dire par-tout avec un tiret ou partout relié, insistait-elle?

Un jour, bien avant les contraintes du confinement et de la pandémie, me sentant trop seul depuis ma séparation avec Lou, j'étais allé au cinéma, espérant y rencontrer des gens, ce qui pourtant était illusoire. Pas vraiment le bon endroit pour ça, m'avait dit Florès. Résultat, à la séance de fin d'après-midi, il n'y avait aucun autre spectateur dans la salle. Le gérant était venu me demander si je voulais être remboursé ou bien si cela ne me dérangeait pas qu'il lance la séance pour moi seul. J'avais dit oui, en pensant à Marguerite, j'avais choisi de rester seul spectateur en pensant à elle. Je crois que cette histoire lui aurait plu. C'était du luxe tout bonnement d'avoir une projection de film pour soi tout seul.

Le type grossier, copain de la voisine, je l'ai revu dans la rue peu de temps après avoir lu un de ses posts sur Facebook que je trouvais nul.
Je m'adresse à lui directement: Figurez-vous que je n'ai vraiment pas envie de relire le communiqué du

Premier ministre comme vous nous y avez invité, car je vous assure Pétain (qui selon vous ne disait rien d'autre) disait à près d'un siècle de distance tout à fait autre chose, et en tout cas rien de ce que contient la déclaration du Premier ministre actuel!
Il m'avait adressé un sourire tordu avant de s'éclipser.
Pas mécontent de lui avoir dit ce que je pensais. Sans doute pas assez content, j'en avais rajouté en publiant un post à peu près identique pour qu'il visualise bien ce que je lui avais dit...

J'aimais bien parler avec Lou de toutes ces choses, et de bien d'autres, même si j'ai découvert en fin de compte, après notre séparation, qu'elle aurait réellement préféré que je sois comme ce type, certes pas grossier, mais genre à dire la même chose que tout le monde et en conséquence que je ne sois pas tout le temp en train de contrer les gens pour dire que je ne pensais pas ça, qu'au contraire je croyais que ceci cela!...
Je n'y peux rien, tu ne me soupçonnes tout de même pas d'y pouvoir quelque chose. C'est vrai que je ne dénonçais pas la société de mon époque comme le faisait par tradition tout bon intellectuel. Je les critiquais eux, ces gens qui critiquent tout de cette époque et qui du coup n'en vivent pas les tendances les plus exaltantes...

Regarde Lou, écoute Lou, je lui disais, il y a des avocats, des militants des droits de l'homme qui nous mettent en garde contre les dangers du traçage numérique, sans doute font-ils leur travail, cependant je ne suis pas sûr que le danger soit si grand. Oui, je m'inquiète davantage du rôle des brigades de surveillance des porteurs de virus, en Chine, que des systèmes de traçage numérique ici. D'autant que c'est toujours possible de les réguler davantage ces traçages.

J'aurais bien aimé que les ancêtres de ces gens aient mis en garde nos aïeux contre Staline, Mao et autres dictateurs… Attention, danger, fichage, résultat, des millions de morts! Ces fichages n'étaient certes pas numériques, cependant ils précédaient l'arrestation puis la mort qui était au bout du chemin.
Aujourdhui, on aimerait qu'ils nous mettent en garde contre le toujours régime chinois et ses méga prisons où l'on peut être enfermés sans aucun procès à la façon du Goulag soviétique.

Une amie italienne de MD m'interroge sur le fait que celle-ci n'avait pas connu les nouveaux moyens de communication dont tout le monde se sert désormais, elle se demandait si c'était grave?
Marguerite, elle en était restée au téléphone qu'elle utilisait beaucoup, elle trouvait toujours le moyen de se procurer le numéro de téléphone, même de quelqu'un qu'elle ne connaissait pas, et qu'elle allait appeler en toute urgence y compris tard la nuit. C'est vrai elle n'a pas connu l'usage facile d'internet!

A une époque, elle utilisait une machine à écrire qu'elle avait curieusement délaissée à son retour à l'écriture, après le cinéma, elle ne l'avait pas reprise. Du coup elle était comme certains jeunes gens du 21ème siècle qui refusent l'écriture sur clavier+ordi, par traitement de textes, et rédigent leurs romans à la main.

Est-ce qu'on en viendrait à ne plus apprendre l'écriture manuscrite, m'avait demandé Marguerite? Non, on avait cessé d'enseigner l'écriture ancienne cursive, mais pas la manuscrite la plus récente, la scripte issue des lettres de l'imprimerie qui se trouvait la plus proche de celle des livres...

Parfois, après notre séparation, j'en appelais encore à Lou, espérant qu'elle m'aiderait, parce que j'avais eu cette période où il m'arrivait de chercher en vain quelque chose dans tous mes dossiers d'archives, qui était du fourre-tout et dans quoi je ne retrouvais jamais rien.
Voilà, une fois j'espérais trouver un exemplaire tapuscrit du roman *Le petit roman de juille*t, une version première parce qu'il y en a eu beaucoup avec en plus du courrier de lecteurs d'éditions et leurs appréciations. Rien du **tout, je ne** trouve rien de tout ça, incroyable que je ne puisse pas mettre la main sur un exemplaire du *Petit roman de juillet* considéré comme publié depuis qu'il l'était chez Google play en version électronique.

Je cherchais une lettre de Mathieu Bénézet qui avait publié *La Fiction d'Emmedée* au Rocher, où il m'écrivait par exemple qu'il se souvenait très bien de ce roman, qu'il "voyait" à sa fin le tracteur débouler à travers champs...

Ou bien une lettre de Michel N. qui m'apprenait l'avoir lu dans l'avion le transportant en Chine et qui m'en disait beaucoup de bien de ce petit roman. D'ailleurs à son retour je l'avais appelé au téléphone pour en savoir davantage, jusqu'à lui dire que je pensais que j'arriverai cette fois à franchir les obstacles de l'édition. Avec hésitation, il m'avait signifié que ce n'était pas sûr, qu'il n'en était pas sûr du tout, sans doute non. En fait il ne le croyait pas, même s'il ne me l'avait pas dit explicitement.

Je cherchais aussi des lettres de Nicolas M. où il m'avait écrit qu'il aimait ce petit roman pour mes descriptions de la cabane en bois.

Je n'avais retrouvé ce jour-là que la lettre de Yann qui me parlait de *La Fiction d'Emmedée,* que j'avais relu dans le plaisir, justement parce que cette lettre de Yann je la cherchais également. Et parce qu'il disait avoir lu mon livre avec beaucoup d'émotion.

J'aurais aimé aussi trouver d'autres lettres d'amis, et même des lettres de refus d'éditeurs desquelles il m'est arrivé d'extraire des éléments de texte pour servir à la promotion du roman qu'ils avaient refusé. Ce n'était pas très difficile, il suffisait d'inverser leur point de vue... qui allait de "n'avoir pas été

convaincus" à "avoir été convaincus par mon manuscrit"!
Je me rendais bien compte que je cherchais plutôt des courriers de MD, les quelques-uns qu'elle m'avait envoyés, jamais plus retrouvés, toujours perdus pour moi. En particulier les échanges de lettres sur l'affaire Grégory. Mais surtout une carte postale de Trouville dont je n'arrivais plus à faire revenir le contenu...

J'avais beaucoup regretté qu'aucun de mes amis cinéastes des années 1980 ne se soit décidé à faire un film à partir de mon premier livre, *Rauque la ville*. Alors je me réjouissais que *Le petit roman de juillet* sorte en juillet, et que le tournage du film tiré de ce roman soit programmé dans le même mois de juillet. Mais voilà que j'apprenais la mort de l'ami Jérôme, qui avait accepté le principe de ce tournage et qui était pour moi un des cinéastes les plus proches de ceux qui auraient pu réaliser le film d'après *Rauque la ville*.

J'avais été très bouleversé par la nouvelle de sa mort. J'en avais parlé à MD. Il est mort jeune, mais c'était une vie tout de même, m'avait-elle dit. Je lui avais rappelé qu'elle avait passé plusieurs jours avec lui au festival de La Rochelle. Non, elle ne se souvenait pas d'être jamais allée à ce festival, n'en avait aucun souvenir, elle n'y était jamais allée... Bien sûr que

oui, il y avait des documents qui prouvaient qu'elle y avait participé. Bon, tu dois avoir raison mais je n'ai jamais rencontré ce garçon dont tu me parles...
Je savais qu'ils avaient passé deux jours à trainer dans les rues de la ville, qu'ils étaient d'abord allé en premier au supermarché Uniprix avant d'y retourner dès le lendemain matin... J'ai aussi le souvenir qu'ils avaient déjeuné ensemble, sans pouvoir affirmer qu'ils avaient également dîné.

J'aurais tellement aimé continuer de lui parler des dernières actualités... Des humains qui avaient oublié la dureté des éléments de la nature, elle pouvait comprendre ça. Je ne parle même pas des cyclones et des tempêtes, là je pense aux virus et autres bactéries à l'origine de maladies infectieuses. On peut se remémorer que jusqu'à il y a quelques dizaines d'années il y avait systématiquement dans les administrations ce qui s'appelait des hygiaphones séparant le public des agents et dont la raison était en effet de protéger des maladies infectieuses les agents recevant du public.
Ces dispositifs qui avaient été supprimés par suite de la disparition de maladies comme la tuberculose par exemple, ont réapparu à l'occasion de la pandémie du covid-19.

Des années après, voilà que j'échangeais avec MD depuis ce "moi" créé le long des années après sa disparition. Je lui répondais depuis ce moi qu'elle n'avait pas vraiment connu, si toutefois des bouts de soi se créaient au fur et à mesure de la vie. Je lui répondais vivement quand elle me questionnait sur ma mère, qu'elle avait appelée un jour au téléphone sans que je le sache, ni pourquoi.

Il en était resté cette question de savoir ce que ma mère pensait de moi? Eh bien que j'étais fou...

Cela m'avait fait un choc d'autant qu'il m'était revenu qu'en effet, parfois, quand j'allais voir ma mère, et qu'elle était avec ses amis, il lui arrivait de me demander de faire attention. De quoi? Pourquoi? Parce qu'ils ont peur de toi, tu leur fais peur!

Il y avait des sujets qui nous embrasaient... Ce qui risquait de mettre en cause le livre à l'avenir, je lui avais dit, ce serait qu'il véhicule le discours réactionnaire, anti-numérique, à l'image de celui d'un éditeur en place qui disait détester tout ce qui était "électronique" et n'aimer que le papier.
Désormais, je disais à Emmedée, la lecture du livre s'étend bien au-delà du papier. Il y a un concept du livre total qui est apparu, certes sous forme du papier mais aussi sous différents supports ouverts, et sur différentes plateformes, en ligne ou dématérialisé.
Un véritable culte pour le livre s'était développé, une quasi adoration dans certains milieux, dont il y aurait toute raison de se réjouir, ne serait-ce que parce que jusqu'au 20e les livres étaient majoritairement des

livres de dévotion, ce qui n'est plus le cas. Sauf que de nos jours beaucoup de livres sont réactionnaires. Oui mais Il y a beaucoup de bons livres aussi, renvoyait le libraire. Bien sûr, oui, bien sûr... Et les livres ne sont plus censurés... Encore heureux!

Sur les bords des routes, on trouve désormais, et aussi dans les halls d'immeuble, dans les parcs publics, des sortes de petites bibliothèques en forme de chapelles où les gens viennent déposer leurs livres en trop...

Je me laissais aller à la dispersion... Des habitués de plateaux de télévision commentaient un sondage sur l'opinion des Français au sujet de leur désaffection à l'égard de la politique. Vous voyez, ce sondage reflète exactement ce que répètent ces mêmes commentateurs à longueur de journée, sentiment que la politique ne sert à rien, que voter n'apporte rien, depuis 30 ans au moins, qu'ils votent ou pas ça ne change rien. En réalité, les gens répètent le discours qu'ils entendent rabâchés!

Dans un éditorial du Financial Times, un journaliste développe l'observation selon laquelle le président Macron est un intellectuel, contrairement à beaucoup de ses collègues dirigeants européens ou internationaux.

Tu parles de Mitterrand, me demande Marguerite sans attendre ma réponse? Oui il l'était, c'était un intellectuel, ce journaliste a raison.

Les questions qu'on se posait... Alors qu'ils n'étaient plus partis pendant des mois de confinement ou bien de mise en quarantaine, est-ce qu'on allait renvoyer les touristes aux quatre coins du monde, ces cohortes de péquins accompagnés de gros bagages, achetant des souvenirs de rien, se nourrissant de circuits de tourisme plus ou moins imbéciles ?
Et si on ne continuait pas de faire **du tourisme de long courrier,** on ferait quoi, je lui demandais ? Nous n'allions plus bouger, faire le choix de rester sur place. Et les gens qui vivent du tourisme, qu'est-ce qu'ils vont devenir? Ils crèveront de faim...

Quand on est interviewé-e affirmait MD, qui pourtant s'en servait largement, il ne faut jamais dire "si vous voulez". Même plus, ne jamais le prononcer une première fois sinon vous le répéterez dix fois au moins dans l'interview. J'en sais quelque chose, avouait-elle. J'avais fini par me tordre le visage pour le sortir très appuyé ce "si vous voulez" qui ponctuait une évidence trop évidente ou alors une assertion assertive incompréhensible. Je me suis souvent demandé si ça se voyait que je faisais un usage détourné de ces petites alliages de lettres qui perdent leur sens à mesure de leur utilisation. Sinon, ils auraient pu avoir envie de rétorquer: "Et si je ne veux pas?"
Pareil pour "je vais vous dire", quand ce n'est pas "je vais vous dire quelque chose". Qu'on peut contrer par un "disez toujours"... Ou "vous savez", contrable

par non je ne sais pas! "Ecoutez", par j'écoute. "Allez-y", par j'y vais...
Il ne faut jamais dire "si vous voulez", ils me l'ont assez reproché, les plus opposés à mon travail, en réalité ceux qui étaient opposés à ma personne.

Il fallait relancer, j'aimais bien le faire. J'ai lu que chaque année on artificialise des terres équivalentes à un département français. Il y en a 100 départements et même 101, ou plutôt 96 sans les outre-mers, ainsi en un siècle si c'était vrai il n'y aurait plus de terre vierge en France métropolitaine!
Aujourdhui les terres agricoles recouvrent encore 50% environ du territoire français, les forêts 31%, il y aurait donc 20% de terres artificialisées, villes et constructions en tous genres...
Mais la terre? venaient se plaindre des villageois paysans, chaque fois qu'une construction nouvelle était projetée, même s'il s'agissait d'organiser la vie collective ou de répondre aux besoins de la population. La terre, le matériau terre, allait disparaitre, elle finirait par nous manquer pour cultiver. La terre nourricière par tous les temps, de tous les temps, sachant que désormais dans des fermes verticales, on se contentait d'arroser les racines de nutriments appropriés...

Parfois je la laissais parler. Elle se branchait par exemple sur quelque chose de très intime, ou c'était une question personnelle qu'elle rendait générale. Souvent elle revenait sur l'ennui qu'elle ressentait quand elle faisait l'amour tous les après-midis avec son amant Jarlot, chaque après-midi, l'une après l'autre, d'un jour et du lendemain... Non ce n'était pas tous les jours pareils, il y avait des variantes mais tout de même ça se ressemblait. On était inévitablement dans la répétition qui de façon burlesque aurait manqué si elle n'avait pas eu lieu!

Ce rappel à l'amour tous les après-midis était-il revenu quand on avait parlé de *L'Homme assis dans le couloir*? Oui elle aimait manifestement qu'on en parle. D'abord parce qu'elle y était allée fort dans la description sexuelle de la scène. C'était un texte qu'elle avait commencé des dizaines d'années plus tôt et qu'elle avait mis de côté sans plus y toucher. Et désormais, après l'avoir repris en 1962, puis en 1980, il était explicitement sexuel, décrivant au plus près une double jouissance dont elle aimait qu'on parle ensemble.

Ce n'était pas si facile pour moi d'en discuter devant elle, par exemple de l'homme qui jouissait en éjaculant sur le corps de la femme et finalement sur son visage.... Je l'avais relu plusieurs fois pour essayer de comprendre précisément de quoi il s'agissait? Je voyais ensuite une fellation qu'une critique voyait être "presque une fellation". Et puis une pénétration précédant la scène où la femme demandait à l'homme de la frapper...

Elle revendiquait en effet l'attrait morbide de la femme pour être frappée par l'homme, celui de la domination masculine qu'illustrait selon elle la soumission millénaire de la femme... Je lui disais que je ne pouvais pas la suivre sur la pente de cette attirance. Ce qui relève de l'archaïque? Oui, j'avais dit oui. Pas plus.

Oublier les croyances de l'époque de MD, ne pas oublier MD qui en sort, et elle s'en sort bien.
Plaisir de l'entendre ensuite... Je n'imaginais pas qu'ils me corrigeraient ce qu'ils appellent des fautes d'orthographe dans les *Cahiers de la guerre*. Ils en sont encore là! Ils avaient pensé à corriger des fautes de l'auteure, mais pas à écarter toute une partie du texte qui n'est pas intéressante et qui n'était que des brouillons, au mieux des brouillons de notes...
Je n'y crois toujours pas, poursuivait-elle, qu'un parent activiste ait demandé le retrait de *L'Amant* des œuvres choisies d'une classe de 1ère, parce qu'il avait trouvé une page où était décrite une scène d'amour physique. Il ne l'avait pas lu, il y a bien plus d'une page dans le livre!

Pendant une courte période, elle ne cessait de me renvoyer la même question: Où en es-tu avec Lou? Comme si elle ne le savait pas? Pourtant, elle le savait bien que c'était fini entre elle et moi.
Alors, vous n'avez pas vécu longtemps ensemble? Ça n'a pas été long votre histoire, pourtant tu en faisais toute une affaire!
Mais si, elle a duré des années, le temp a passé vite, l'histoire a été longue, au cours de quoi

progressivement nous sommes devenus étrangers l'un à l'autre...
Non, je m'étais repris, non, pas vraiment. C'est ce qui se dit, mais non, au contraire d'une certaine façon on se connaissait trop bien.
Une idée poison s'est surtout instillée à un moment qui nous a possédés chaque jour davantage, celle que nous ne pourrions pas vivre ensemble notre vie entière.
Est-ce que je n'avais pas envie d'être amoureux à nouveau, me demandait Lou? Et toi, est-ce que tu n'aurais pas envie de connaitre d'autres corps, je lui répondais?
A quoi elle sur-ajoutait, est- ce que tu es vraiment sûr de vouloir vivre avec moi toute ta vie? Non je n'en étais pas sûr, tout comme elle! Me poser la question ainsi était le reconnaitre.

C'était une variante de nos discussions à la suite de « qu'est-ce que tu fais de tes journées ? »
Lou qui me l'avait dit un jour, à nos débuts, voyant comment je vivais, que je ne faisais que ça. Et j'avais fait mienne cette assertion. Oui je ne faisais qu'écrire. Pourtant, c'était insensé d'avoir un jour décidé de ne faire que ça dans la vie. Sans doute pourquoi la phrase de MD chaque fois me revenait selon quoi écrire, c'était ne pas vivre.
Je redis à l'éditrice que ma décision de ne faire qu'écrire je l'avais prise bien avant de connaitre Duras. Mais pas avant de l'avoir lue. En l'occurrence

après ma lecture de *Un Barrage contre le pacifique*, considéré comme son premier livre.

Plus tard, Marguerite avait lancé que je vivais de mes livres... Ce qui était une belle affirmation, sachant que pour vivre de ses écrits il faut au minimum pouvoir écrire des romans qui parlent à tout le monde. L'autre solution étant celle pratiquée par MD, de construire une oeuvre singulière et finir par l'imposer de par le monde. Elle avait d'abord gagné de l'argent avec ses pièces de théâtre, avant et après elle n'hésitait pas à écrire des papiers dans la presse... Ensuite elle ne s'était jamais arrêtée d'écrire des livres, sauf pour faire du cinéma qui était aussi écrire pour elle.
Cependant pour qui a décidé cela de ne faire qu'écrire, la tentation peut surgir à tout moment d'arrêter, même s'il n'y a jamais la volonté suffisante de le faire. Personne n'arrête jamais d'écrire, en tout cas pour qui a commencé un jour à s'y mettre.

Qu'est-ce que tu fais de tes journées ? Marguerite, reprenant Lou, me le demandait quand je ne lui parlais pas assez de ce sur quoi je travaillais ou quand je ne lui disais pas où j'en étais de mon travail. Est-ce que j'avais repris ce livre de dialogues qu'elle aurait bien vu lui donner de l'ampleur. Non je n'y avais pas retouché. Pour l'instant je n'y touchais plus. Est-ce que je ne l'avais pas trop dépouillé en ne donnant à lire que des dialogues et aucun habillage de texte. Que tu te sois passé des didascalies, d'accord, mais des descriptions de fond?

Sinon, à part écrire, comme elle le faisait, j'allais marcher, je faisais des courses, je rangeais la maison, quoi? Tout ce que tout le monde fait, avec en plus l'écriture toujours superposée, ce qui voulait dire aussi réfléchir, méditer, penser, attendre.
Parfois je me rendais voir une exposition dans un musée ou bien j'allais visiter un nouveau bâtiment qui venait de surgir du sol. J'espérais croiser de nouvelles personnes, ou découvrir quelque chose que je n'avais jamais vu. J'attendais que l'écrit se forme... C'était une question que je ne me posais jamais, de quoi je faisais mes journées, elles se faisaient!

A une époque, il m'arrivait souvent de renseigner des gens cherchant leur chemin, vous êtes du quartier, vous connaissez la rue X ? Vraiment souvent. Au point de croire qu'on me prenait pour un indicateur professionnel de chemin, est-ce que j'en avais l'air? Cela occupait en effet une partie même mineure de mon temps. Et puis avec le développement des téléphones intelligents, c'était devenu de plus en plus rare qu'on me questionne sur le chemin. Cela arrivait encore mais en seconde main. Je passais, un femme plutôt âgée me disait: vous êtes du quartier? Vous pouvez peut-être renseigner le monsieur qui venait de l'arrêter pour lui demander une adresse, moi je ne la connais pas, et je n'ai pas de ces téléphones qui savent tout....

Ce qui pouvait m'être désagréable, c'était que je sois incapable de donner le renseignement. Bien sûr ce pouvait être une rue que je ne connaissais pas ou qui se trouvait dans un quartier qui m'était moins familier. Ce pouvait être aussi une erreur que faisait le demandeur. Un nom de rue carrément mal orthographié au point d'être incompréhensible, en tout cas pas reconnu par moi.
Et puis j'étais devenu distant depuis que j'avais été l'objet d'une tentative de vol de mon portefeuille pourtant bien enfoncé dans ma poche intérieure... Désormais je devais apparaitre méfiant et on n'insistait pas tellement je n'avais pas l'air avenant...

Hier, j'en étais venu à l'idée d'essayer d'inventer la journée de chaque jour par de petits actes hors de l'écrit. Ce n'était pas spécialement à MD que je m'adressais, elle en connaissait autrement que moi des petites choses des jours. Mais d'abord à Lou, même si elle était trop prise par ses tissus numériques pour m'écouter vraiment...
Hier, j'ai dégivré le réfrigérateur, tu sais comment faire ? Bon, s'il ne le fait pas automatiquement, alors, tu éteins l'appareil, si on est en hiver, tu mets les aliments dans un sac à placer en bord de fenêtre, tu fais chauffer un verre d'eau et tu poses le verre d'eau dans le surgélateur, en deux minutes un morceau de glace se décolle, tu n'as plus qu'à essuyer, c'est fait...

Alors ensuite je racontais encore que j'étais content d'avoir croisé l'ami libraire du quartier qui m'a dégainé un super sympa sourire alors que je craignais qu'il me fasse la gueule parce que je lui avais extorqué une date pour une présentation des deux livres que j'allais publier dans les semaines à venir. Ça, c'était juste avant l'éclosion de la pandémie. Ensuite avec le confinement on n'en parlerait plus, c'était devenu impossible m'avait annoncé Olivier, avec regret. Il ne fallait pas plus de 5 personnes dans le local, à quoi bon en inviter 50 pour qu'en petit comité ils m'entendent conférencer devant des livres statufiés sur les tables puisqu'on ne pouvait pas même les feuilleter.
Un sourire important, ce sourire. Pour un écrivain, le libraire c'est de la famille…

Déjà, l'année précédente, un soir d'hiver, j'avais programmé une présentation, et j'en avais même maintenu la veille la date malgré une grève générale contre la réforme des retraites. 6 personnes de bons amis étaient venus et j'avais conférencé pour eux comme s'ils avaient été trente-six au moins dans la petite librairie de Léa Santamaria.
Je présentais deux livres, c'était logiquement plus facile que d'en présenter un seul, comme je l'avais fait régulièrement tous les trois quatre ans en moyenne durant mon parcours d'écrivain. Le choix étant alors, outre de passer d'un livre à l'autre,

d'alterner lectures d'extraits et commentaires sur le narratif...

Le matin, j'y re-pensais à cette curieuse soirée, j'allais prendre la douche. J'étais juste en train d'ouvrir le robinet pour me glisser sous la douchette, survient un appel, c'était Marie, est-ce qu'elle me dérangeait? Pas du tout, c'était un plaisir. Une amie de Lou que j'aimais bien. On a parlé une demi-heure, j'avais un peu froid dans cette salle de bains mal chauffée en plein février mais j'étais trop heureux de lui parler en pensant à Lou dont elle me donnerait peut-être des nouvelles.
Je lui ai dit ce qui ces derniers temps m'avait fait le plus plaisir, un peu fanfaron d'ailleurs de ma part, c'était que si je me réjouissais de travailler sur des textes dont je reprenais l'écriture, faute de ne pas les avoir terminés, j'avais trop envie d'écrire quelque chose de complètement et radicalement nouveau.
Oui, ça lui plaisait mais comment faire, m'avait-elle demandé avec insistance?
Alors, c'est simple, il faut se lancer, et voilà tu y vas, je ne vois que ça, tu t'y mets et ça écrit des choses nouvelles. Il faut essayer le matin, au réveil, commencer par ça, ne pas faire autre chose avant, pas écouter la moindre information ni lire quoi que ce soit de l'actualité, même la musique il n'en faut pas, ou pas trop, et alors il suffit de lancer l'écriture et tu écris quelque chose de nouveau... Waouh! Marie subjuguée m'avait beaucoup remercié de lui

avoir livré presque un secret, c'était comme un secret, hein?

J'avais aussi envie de continuer l'écriture d'un livre que j'avais renommé d'un prénom féminin, *Pi junior* dans les années 1990, en le titrant désormais avec un e à la fin, ce sera *Pi juniore*. Marguerite avait approuvé, c'est-à-dire n'avait rien dit, ne s'était pas prononcée.

Au début, en m'y remettant, je n'éprouve pas trop de résistances, comme souvent j'en ai quand je me lance dans un nouveau projet d'écriture, et qu'alors m'envahissent des impressions de rejet. Là j'avais aperçu le fond du livre, quelque chose d'un peu fou, un peu délirant... Marguerite voyait ce que je voulais dire, elle avait approuvé d'un déplacement de doigts sur son visage, remontant la joue jusque là où la peau est lisse, à hauteur de l'oeil.

Surgissait ma réponse à la question posée par Lou, où seras-tu dans dix ans ?...

Je me trompe, une question que jamais Lou ne m'aurait posée, ni MD non plus... C'était une question de Nia. J'habiterai au 32ème étage avec vue sur tout Paris, en plein ciel dégagé de tout autre construction. Ce serait une grande nouveauté, ce serait le projet d'une 4e vie, si j'ai bien compté, à moins que ce soit la 5e ou seulement la 3e, j'hésitais.

Comment je comptais mes vies? Nia voulait savoir, non, c'était MD qui me le demandait? Ou plutôt Lou.

Eh bien, par un mélange de repères tenant compte de ma vie amoureuse, des lieux d'habitation, ainsi que de quelques pics d'activité notoire, publication d'un livre, engagement au théâtre, émissions radiophoniques, voyage interplanétaire...
Et qu'est-ce que j'avais fait hier, me demandait MD avec insistance?
Oui je m'étais occupé, à un moment il fallait bien occuper le temps comme elle le disait. Lire un nouveau livre sur ma terrasse, aller voir des gens au Dôme, suivre une conférence au Luxembourg, écouter un concert à La Villette... Ou bien se mettre à écrire, parce que ça ne suffisait pas, rien ne suffisait à occuper le temps...

Hier, invité par Catherine, je suis allé à l'ambassade d'Italie pour une soirée de l'association Italique qui réunit des Français et des Italiens, intellectuels et amateurs de culture dont beaucoup de retraités. Décors somptueux communs aux ambassades datant des siècles précédents.
Le président est un ancien ambassadeur qui a tout son temps, il gère cette association comme il gérait son job d'ambassadeur, il a le temps, il traîne en longueur, il fait des périphrases et daigne des phrases supérieures...
Soudain le sentiment d'être totalement ailleurs m'envahit en même temp que la conviction d'avoir complètement raté ma vie. Je saisis que pour ceux qui sont là, c'est une fin, un aboutissement, tandis que moi je suis en recherche, en questionnement, en

refus que ce soit fini. Je suis encore et toujours à chercher le livre à écrire qui continuera l'aventure... Ou qui l'éclairera davantage!

Plus je reste assis sur ma chaise, plus il me parait impossible de partager les valeurs finissantes de ces retraités de la vie, certainement affables et aimables de sérénité distinguée. Je m'inquiète juste de la réaction de Catherine à qui j'avais dit qu'à 19 heures je serais obligé de partir. Je regrette tout aussitôt de la quitter, me rendant compte combien elle était rayonnante ce jour-là.

Je me sauve à 19h pour me rendre à la Librairie Libres Champs où il y a une lecture d'une auteure qui a publié plus de 70 livres dont plusieurs sur les Beatles. Elle parle de Dieu, du démon, de la parabole de l'enfant prodigue, au niveau psychologique, pour moi, c'est pire que la précédente assemblée. A un moment je m'enfuis en présentant mes excuses que je renouvellerai le lendemain au téléphone à Léa, la libraire, qui me dira qu' il y a aucun souci!

Comment je fais, demandait Emmedée, quand il me vient à la tête une phrase d'importance? En tout cas que je crois importante, car le lendemain je ne le crois plus, ou bien je la trouve trop nébuleuse, ou je l'ai oubliée et je l'oublie.

En tout cas, je me précipite pour la noter, comme mon père le faisait pour ses projets, la nuit quand il se réveillait, lui c'était sur un papier, moi je le fais sur le téléphone à qui je dicte mes pensées.

Nia ne veut pas m'entendre, ou alors c'est Lou qui refuse de m'écouter. Je lui dis que je suis beaucoup plus expert qu'elle sur cette question, qui est dans l'air, de l'intersectionnalité des discriminations. Comme je vois qu'elle va en douter en raison de mon âge de boomeur, je précise que je suis premièrement un fan partisan de l'intelligence artificielle et surtout que je ne relaie ni les peurs contemporaines ni les bêtises que l'on pense sur l'époque.
C'est ça l'important, ne pas relayer les bêtises. C'est difficile car même celui qui le souhaite n'en a pas forcément la liberté.

Je colporte depuis dix ans que l'histoire des races, c'est fini, on sait désormais qu'il y a une seule race humaine. Nia s'en ouvrirait le gosier de rires, elle qui ne saurait pas ce que sont les races? Comment ne le saurait-elle pas, elle qui est racisée comme je ne l'imagine pas! Dès le moindre contact, y compris dans la capitale de France, elle sait qu'elle est noire, en tout cas qu'elle n'est pas blanche!
Pour Lou, c'était plus par observation extérieure, les races il y en toujours eu, même dans son village d'origine, laissant entendre que j'avais tort... même si le mot race a disparu de la constitution française rénovée de 1958!

Marguerite préfère que je lui raconte mes rencontres. Pensé aussitôt à Irina qui était une amie de Lou et surtout une amoureuse de MD sans que cette

dernière le sache jamais. Pour elle, lire un livre de MD aujourdhui, c'est un acte politique. Elle répète l'expression, oui un acte politique. Pourquoi? parce qu'elle met en scène les difficultés à vivre qu'ont les femmes dans notre époque...
Bien sûr que tout avait changé, la libération des femmes était en général une réalité. Cependant ne pas oublier que c'était une affaire millénaire, la soumission des femmes et leur subissement à l'homme, j'avais tenté de lui surligner ça à Irina, en lui rapportant les mots de MD.

Quelle chance j'avais eu de la connaitre, quelle chance j'ai de l'avoir connue, de continuer de la connaitre, avait répété Irina avant de lancer ce qui était chez elle une phrase d'accueil, oui la chance de la connaître pour toujours, surtout maintenant "avec le libéralisme qui écrase tout, bousille tout"... Où ça, je dis? En Europe, aux USA, en Chine?
Elle parle du capitalisme, demande MD?
C'était une nostalgique de la révolution communiste, je lui dis. Laquelle, elle rétorque, la première révolution communiste ou la dictature communiste qui s'était établie ensuite? Les deux ! Bien sûr elle aurait pu privilégier la révolution communiste avant qu'elle devienne une dictature...
Elle l'avait été dès le début, avait repris MD dans un rictus de regret.

Depuis, Irina était plus sévère à l'égard du libéralisme qui avait suivi la chute de la dictature qu'à l'égard de cette dernière. Oui, à cause de tout ce qui avait été promis par l'Europe libérale et qui n'est jamais arrivé.

Au fond, elle était restée une fille de paysanne, une fille dont la grand-mère aurait été paysanne dans un village d'avant la révolution, de cette population qui avait supporté avec fatalisme le régime communiste tandis qu'elle rejetait le libéralisme du nouveau régime.

Des mois après notre première rencontre, quand je l'ai revue, j'ai tout de suite été sûr qu'elle m'avait vu avant de me voir vraiment. Surtout quand elle m'a regardé comme si elle me reconnaissait tout en me demandant mon nom, car elle s'était mise dans le sourire de quelqu'un qui aurait été embêté de me voir, son visage ayant fortement rougi avant de me dire bonjour...

Je me souviens maintenant qu'elle m'avait dit que de son enfance, elle était restée timide, que ça ne lui avait jamais passé.

Pour cacher son trouble, elle m'avait montré une sorte de bracelet en tissu, qu'elle avait fait rouler dans ma main gauche, disant que sa famille en portait à la campagne pour conjurer les microbes, et comme là dans cette pandémie il s'agissait de virus, ce ne pouvait qu'être efficace avait-elle affirmé sans logique aucune...

En arrière-plan, nous avions la scène de notre rencontre au festival des auteurs indépendants où nous avions parlé pendant deux heures à peu près, peut-être même plus, et dont on était sorti un petit peu amoureux. Mais bon, je sais maintenant qu'elle est en couple, je l'ai appris sur son profil du réseau où c'est écrit. J'aurais pu le comprendre lorsque je lui avais dit que puisqu'elle habitait au nord de Paris et moi au sud on avait qu'à se voir à mi-chemin. D'accord on se verra à mi-chemin, non ? Irina avait répondu que non, pas à mi-chemin, on ne se verrait pas à mi-chemin…

Je voulais la revoir à la prochaine réunion du festival, peut-être qu'elle viendrait avec Lou, ce qui serait un événement pour moi qui ne l'a pas vu depuis des années. Voilà que j'essaie aussitôt d'imaginer le visage de Lou, entre le souvenir que j'en ai et les transformations inévitables du temp passé. Non, elle ne pourrait pas venir ce soir-là. Alors je n'irai pas moi non plus, j'avais dit en forme de dépit…

Pendant qu'on parlait de rien, elle faisait tournoyer son bracelet. C'était un truc intime, un truc d'ado, un truc très intime ce bracelet qu'elle me faisait partager en m'invitant à y toucher tandis que j'avais à la bouche le mot amour…
Et puis on s'est focalisé je ne sais pas pourquoi sur la date du 1er mars. Elle m'a tout de suite dit que chez elle, dans son pays, le printemps commençait toujours le 1er mars, je lui ai dit oui que c'était le premier jour du printemps météorologique… Je lui ai redit comme si c'était une sujet qui nous concernait,

alors que la question, c'était présentement, est-ce que l'on pourrait s'entendre finalement en général corp et âme comprise, mais oui c'était presque une affaire sexuelle que déclenchait cet anneau qu'elle faisait apparaitre puis disparaitre comme par magie..
Oui, comment on s'y prendrait tous les deux, comment on se caresserait à tue-tête et comment on se mettrait à la fin l'un dans l'autre.
Nos regards avaient fui pour éviter de glisser plus avant dans le récit sexuel...
Alors, elle s'est lancée sur le 1er décembre qui était le premier jour de l'hiver météo, même si elle préférait de loin le 1er mars. J'étais d'accord avec elle, je m'étais décidée à être d'accord avec elle, à tout accepter de ce qu'elle préfèrerait, de ce qu'elle pourrait insinuer que je fasse qu'elle voudrait, est-ce qu'elle viendrait assise sur moi ou plutôt moi tendu sur elle. Tout ça c'était à cause du 1er mars et du 1er décembre. Donc en riant j'avais pu affirmer que, ce qui était formidable, c'était que le printemps était arrivé. Oui, elle répondait, ma famille m'a envoyé des photos de fleurs de leur jardin, des primevères, forcément elle allait hésiter un peu avant de me demander si j'aimais le printemps plus que l'hiver. C'est difficile à dire je lui ai répondu en la regardant bien profond dans les yeux, et puis soudainement comme au festival des auteurs, après que nous ayons parlé pendant 2 ou 3 heures, elle était partie sans que je m'en rende compte. Je l'avais cherchée des yeux longuement tout autour de moi, sans la revoir. Disparue!

Tu l'as retrouvée sur les réseaux, m'avait demandé MD? Non, pourtant j'avais ses coordonnées, en tout cas son nom, je pensais naïvement que je pourrais la joindre très simplement.
Eh bien non, le lendemain, j'avais lancé des messages et des posts, rien ne marchait, il y avait trop de réponses ou bien je n'en obtenais aucune, à la fin du jour je n'avais pas eu de réponse du tout. Elle ne voulait peut-être pas me répondre, même à ma demande d'amitié sur Facebook! Plus tard, elle me dira d'un air d'évidence qu'elle n'y allait jamais ou presque. C'était chronophage, elle insistait, ça prenait trop de temps. Oui c'est vrai, mais pas plus qu'autre chose, j'avais répondu à cette assertion répandue.

Voyez comme on n'a peu de mémoire, 6 mois après peut-être, on se croise dans le hall du festival, je la vois apparaître revenant du vestiaire vêtue d'un manteau bleu formidable qui habillait, c'était incroyable, sa silhouette formidablement!
Je la regarde avec insistance car elle me plait au premier regard, je suis déjà amoureux. Pourtant je ne la reconnais pas vraiment, sans doute parce qu'elle n'est pas habillée de sa tenue de printemps mais de son manteau bleu, je lui dis qu'on s'est peut-être déjà rencontré, elle répond juste oui, peut-être. En tout cas, elle avait fait quelques aller-retours en passant devant moi avec son

manteau bleu ouvert comme si elle s'était trouvée sur un plateau de Fashion week, point à la ligne.
J'ai l'impression que tu la vois partout cette fille au manteau bleu, avait noté MD, tu es amoureux d'elle, pas besoin de le demander de façon affirmative.
Du coup je me suis mis à penser encore plus à elle et son manteau bleu qu'en effet je suivais des yeux partout.

Pour ça que, des mois après, présumant qu'elle allait participer au salon de littérature historique, j'y suis allé pour la voir, la recherchant jusqu'au fond de la salle où elle se trouvait en effet. Je vais lui dire bonjour, et tout de suite j'ai su qu'elle m'avait reconnu.
Pendant que je lui faisais des phrases, j'ai vu qu'elle regardait ses ongles des mains, ce sera plus long pour moi de comprendre qu'elle se remémorait que je lui avais dit que j'aimais beaucoup ses mains aux ongles peints de vernis rouge feu qu'elle n'avait pourtant pas peints ce jour-là. Je comprenais alors qu'elle me classait dans la catégorie des hommes à la manière d'une fille de la campagne qu'elle était.

Quand je suis parti, elle a paru gênée que je lui demande si on allait se revoir! Alors j'ai pensé que je ne la reverrai plus et ça m'a rendu triste parce que c'était une possibilité de revoir Lou qui s'éteignait, au moins d'avoir de ses nouvelles...

Curieusement, ce qui me turlupinait sur le chemin du retour, c'était que j'avais oublié de lui demander si elle écrivait à la main ou sur clavier ? Sans doute parce que je craignais qu'elle cherche à savoir si pour moi c'était encore écrire que d'écrire sur un clavier d'ordinateur?
Certain.es écrivain.es avaient une opinion précise sur l'affaire. Ce semblait être le cas d'Irina. Moi je pensais qu'on n'écrivait pas pareil, que c'était un écrit différent. À la main, on écrivait au 19e siècle, à la machine au 20ème, et sur clavier, par traitement de textes, au 21e siècle!

Il me semble que tu m'as déjà raconté cette anecdote des ongles peints, m'avait fait remarquer Marguerite. Il faut dire que toutes les femmes font ça maintenant!...

A ma grande surprise un jour, Irina avait répondu à un de mes messages où je lui disais que son manteau était très beau. Je n'arrivais pas à le croire, c'était justement ce dont elle était vraiment contente que je l'aime, son manteau bleu, et que je lui dise, parce qu'elle l'aimait aussi beaucoup.

Et Lou, m'avait demandé MD, comment tu l'as rencontrée?... Tu ne veux pas me raconter?... J'aimerais bien aussi que tu te décides à me tutoyer, tu peux, tu sais... Tu ne veux pas?

Je n'oubliais pas comment je l'avais rencontrée, à ce point dans le métro. Voilà, c'est une jeune femme qui se faufile non sans difficultés dans le wagon bondé vers un siège libre situé devant moi. Or au moment où elle va s'assoir le métro fait un arrêt plus violent que brusque du fait du freinage surpuissant. Du coup, elle tombe littéralement dans mes bras que j'ouvre pour la retenir, et pour qu'elle ne tombe pas plus avant encore, donc je l'entoure de mes bras, la serre, la saisit, l'attrape fermement à la taille de mes deux mains, la faisant véritablement tomber dans mes bras, ce qui nous déclenche un éclat de rire. Quand elle s'assoit finalement, je lui dis, c'était presque une embrassade. Autour de nous le monde se met à rire tout comme nous, considérant que ce n'était pas presque mais une vraie embrassade.

Le métro reparti vers la prochaine station, nous ne pouvons nous empêcher de nous regarder de temps à autre et nous sourions l'un à l'autre. Je sens que quelque chose se passe entre nous, je la trouve jolie et belle en même temp. Je ressens surtout qu'elle me plait et que peut-être je pourrais lui plaire. A l'approche de la station, à laquelle je devais descendre, j'allais lui dire je vais descendre tu viens?

Elle est sortie tout comme moi, et nous ne nous sommes plus quittés pendant tout le temps où on s'est connus jusqu'à notre séparation. Cette jeune femme, c'était Lou.

Et qu'est-ce qu'on allait faire maintenant après nous être dit qu'on n'allait plus se quitter, sachant très bien que c'était pas vivable de vivre ensemble tous les jours de l'année et surtout à tous les moments du jour. Pourquoi? m'avait-elle dit, alors qu'elle savait et moi aussi que si nous nous voyions tout le temp, on finirait par ne plus s'aimer?
Cependant, le plus fort était que j'avais tout de suite eu la conviction qu'on ne se serait jamais connus si on ne s'était pas rencontrés de cette manière.

Il y a 2 jours, je pars faire un grand tour de quartier, j'avais l'intention de m'arrêter boire un verre sans savoir dans quel café j'irais. Du coup, avant de me décider, j'ai visualisé toutes ces terrasses de restaurants et cafés qui dès le soir seraient fermés pour confinement, de dorénavant à on ne savait pas quand, ce qui parait incroyable maintenant que cela a été fait.
Par la suite, je ne devrais normalement plus sortir, comme tout le monde je devrais rester à la maison, totalement confiné, ce qui n'est pas drôle même si avec mon travail d'écriture j'y suis toute l'année. Malgré tout je sors, j'aime bien marcher droit dans la rue en croisant mes congénères. Les uns et les autres, nous nous imposons de nous maintenir à plus d'un mètre de distance... Nous nous croisons d'un regard et nous passons.

Marchant seul, je poursuis ma conversation avec Marguerite.
Parfois parler, je lui dis, me parait plus simple qu'écrire, moins contraignant en pratique. Ces dernières années, des livres à succès ont été écrits par la voix, en fait dictés. Je lui explique, le problème de dicter sur ordinateur est que l'on doit ensuite passer pas mal de temps à corriger les fautes de frappe, ça encore ce devrait s'arranger, mais surtout à traiter les imprécisions, les incertitudes, les contresens, et les mélanges de temps, les conditionnels à la place des futurs ou bien le présent en lieu d'un imparfait de l'indicatif ou du subjonctif, et ça c'est compliqué...

Je parle seul, je sens qu'elle m'écoute. Il faudrait que je me lance sur un projet tout neuf, je lui dis. Hélas rien n'est jamais neuf... En tout cas moi j'ai tendance à toujours partir de quelques pages de texte déjà écrit. Ou parfois, d'une seule phrase que je détourne en la retournant. Par exemple, "La vie est trop courte pour s'habiller triste", qui devient "La vie est trop triste pour s'habiller court"...
Ou alors il s'agirait de reprendre un écrit que je n'ai jamais terminé, par exemple le texte sur les miroirs, en le dictant pour le réécrire, donc l'écrire à nouveau ? Sauf que ce serait revenir à Livia pour qui j'avais écrit ce texte, ce pourquoi j'avais chaque fois abandonné de le reprendre dès les premières lignes.

Qu'est ce que je faisais, me demandait MD avec insistance. quand je lui disais que je travaillais à une réécriture? Eh bien, à part préciser ou densifier, je travaillais pour déjouer les emballements de discours, quand on en vient rapidement aux clichés, surtout pour traquer les métaphores de plombier, ne pas jeter le bébé avec l'eau du bain... juste une rustine sur une jambe de bois... un système qui fuit de partout...

Je trouve que durant cette pandémie il y a beaucoup de publicités pour les mutuelles santé complémentaires qui ne sont pas toutes des mutuelles. La voisine d'en face, Florès, elle, trouve qu'il y a beaucoup de publicités pour les colorants de cheveux sur Facebook, ce qui prouve, selon elle, que c'est un réseau pour boomeur. En réalité elle voyait d'autant plus les publicités en ligne pour les colorants qu'elle ne pouvait pas s'en procurer dans les magasins spécialisés qui étaient fermés par les autorités car considérés comme non essentiels..

Pendant des jours, ce qui me préoccupe, c'est la question de savoir si le virus fait partie ou pas de la biodiversité et si son action serait liée aux destructions environnementales. Pourtant je préférais parler d'autre chose, par exemple de poésie et d'amour.

C'est ce que je répète à Marguerite. Franchement je ne saurais le dire si les virus sont favorisés par la

disparition de la biodiversité provoquée par les humains, notamment depuis la révolution industrielle. Les coronavirus ont déjà sévi à la fin du 19e et sûrement bien avant, tout le long de l'histoire, assurément avant qu'on sache ce qu'était un virus.
Je ne peux pas dire non plus que les virus ont existé depuis le début de l'humanité, ni même de la vie sur Terre, car je n'en sais rien. De même, je ne peux pas dire si les virus sont liés à la vie et s'ils font partie de la biodiversité, ni finalement s'ils sont intrinsèquement liés à la nature, c'est pas impossible, ça semblerait logique.

Fini! Il n'y a plus de confinement dont l'exécutif a décrété la fin. Mais il y a encore la pandémie et quelques restrictions. C'est mieux. Par moment, on croyait rêver, on se surprenait à vivre un cauchemar. En fait, on s'habitue à ne pas sortir, à ne plus sortir du tout, peu à peu on commence à s'habituer au niveau de silence qui s'établit sans qu'on s'en rende compte.

L'un de mes amis me parle du vin qui était le seul petit plaisir qui leur restait, lui qui vit en couple sans enfants. A part l'amour bien sûr, je lui dis sans qu'il me reprenne. A sa place, je ne lui dis pas, j'aurais joué tous les jours à l'amour avec sa petite femme; Oui, mais je sais bien que parfois dans les couples il ne se passe rien de sexuel alors que les conditions y seraient favorables.

Une autre amie fait état d'un désir insurmontable qu'elle éprouvait de toucher les gens, elle s'imaginait après la pandémie s'accrocher à la première personne rencontrée pour la toucher, l'embrasser, l'envelopper de sa tendresse.

Se posait la question de l'après. Normalement on dit, oui il y aura un avant et un après. Puis, non il n'y aura pas d'après.
Moi je pense sans trop risquer de me tromper qu'on ne retrouvera jamais la situation d'avant, ce sera un après d'un avant effacé.

Hier, pour faire quelque chose, je me décide à me rendre au centre de vaccination. Au secrétariat, des dames, derrière des guichets protégés, sont intransigeantes. Ici, on ne peut pas s'inscrire. Je ne cherche pas à les convaincre mais je marmonne que ce pourrait être une des fonctions de ce centre. Non, il n'y a qu'une solution, réessayer de se connecter sur internet pour prendre RV même si c'est difficile parce qu'il y a beaucoup de demandes...

Depuis des mois j'étais turlupiné par le sort d'un ami d'il y a longtemps dont je n'avais aucune nouvelle depuis des décennies, ce que je finissais par croire, encore plus longtemps même. Craignant qu'il soit mort, et surtout que je ne le sache jamais, j'avais fait diverses tentatives pour chercher à trouver la moindre information, en particulier par l'intermédiaire de personnes amies, parmi lesquelles il y avait Yann Andréa que j'avais connu par son intermédiaire avant que je parle de lui à MD. Mais Yann était mort lui aussi.

J'étais en Grèce quand j'ai appris sa mort. Ce qui n'est en rien intéressant sauf que chaque fois que je repense à Yann et à sa mort je le vois à travers le décor merveilleux du ciel de mer grec.

Cet ami dont je cherchais la trace était quelqu'un qui avait revendiqué toute sa vie de n'avoir aucune activité créatrice. Il n'avait jamais voulu être ni écrivain, ni peintre, ni artiste, ni poète, ni philosophe, ni auteur de quoi que ce soit, il n'avait d'ailleurs pas d'enfants. Et voilà que tapant son nom dans la barre de navigation, l'algorithme du navigateur m'avait mis sur le chemin de cet ami mort à 80 ans dans la ville où je l'avais connu, et qui était né en effet dans la ville du sud où chaque été il allait rendre visite à ses parents, du moins tant que je le connaissais... Donc il était mort lui aussi, j'en étais presque reconnaissant à l'algo de l'avoir fait mourir pour moi!

Dans la rue, je me répète comme un moulin à pièces que si je n'avais pas relancé Nia des mois auparavant, lorsqu'elle avait paru se décrocher de moi, on n'aurait plus été ensemble. Je n'ai jamais su pourquoi elle avait soudainement pris de la distance, me donnant plein de signes qu'elle ne voulait plus de moi. J'en étais à retenir diverses hypothèses, par exemple qu'elle avait possiblement revu un ex, son ex-principal même, qui peut-être avait profité d'une fête de fin de semaine ou d'anniversaire pour la bousculer dans la salle de bains? Sans protection évidemment. A quoi cela avait servi que je fasse un contrôle de VIH, à part devoir utiliser le préservatif et refaire un nouveau test?

Je l'avais relancée à ce moment-là parce que je n'arrivais pas à me passer d'elle. Ou parce qu'elle paraissait vouloir me jeter, ce qui augmentait mon désir pour elle.

Et maintenant, elle est à nouveau toute fixée sur moi alors que je ne suis plus amoureux d'elle. Pire, je suis carrément fâché avec elle. Je lui en veux de m'avoir fait oublier Lou, d'avoir effacé de ma tête tout un personnage de Lou que j'adorais. De s'être emparée d'une ligne de désir fou qui nous reliait Lou et moi.

Oui mais si je ne l'avais pas relancée, il n'y aurait pas eu le livre qu'elle m'avait demandé d'écrire sur sa vie. C'est vrai, je n'aurais pas publié un livre sur elle... C'était ce qu'elle m'avait demandé dès notre première rencontre. Comme beaucoup de gens elle rêvait qu'on fasse un livre sur elle, à savoir qu'on écrive sa vie dont elle pensait qu'on pouvait en tirer un vrai roman.

Un ami m'avait d'ailleurs appelé pour me dire qu'il trouvait ça bien de ma part de l'avoir fait...

Je suis triste de ne plus t'aimer, Nia, atteint surtout de ne plus être amoureux ni de ton corps ni de ta silhouette. Oui, à préciser, je suis triste de ne plus être amoureux de tes mains ni de tes pieds. Trop triste d'avoir tellement aimé ton corps, de ne plus l'aimer maintenant. je n'aime plus tes mains, ni tes cuisses, je n'aime plus ta vulve ni tes seins... Ce qui me faisait vibrer de joie a disparu en même temp que l'emprise que tu avais sur moi. Car tu en avais de plus en plus, trop je dois te le dire, et je détestais ça.

Je pouvais toujours le répéter, je pouvais le criailler, le hurler, c'était à Lou que je disais tout ça, je le savais bien. Je devais le reconnaître, il y avait erreur sur la personne!

Ensuite j'ai eu une période où je me suis affranchi de tout un tas de choses, en particulier des apparences... Sans doute parce que je pouvais désormais retourner vers les autres. Et ce en raison d'une nouvelle décision de l'exécutif, puisqu'avec la fin des restrictions du confinement, il n'était plus interdit de sortir vers qui on voulait se joindre...

Marguerite m'avait rappelé pour me parler de Lou... Elle ne savait pas qu'on était fâché, ni que Lou l'était parce que j'étais allé au restaurant du Parc la rejoindre sans elle. Qu'en somme j'avais fait le choix de la voir elle, MD, plutôt que de rester avec Lou.

Tu te trompes avait répliqué vertement Marguerite, tu n'es pas venu me voir sans elle, d'ailleurs tu n'es pas venu me voir du tout le jour dont tu parles. Je t'ai attendu sans impatience et puis j'ai commandé un plat et j'ai diné seule, longtemps que cela ne m'était pas arrivé. Très bien ! Et toi?

En rentrant de chez vous, le lendemain du diner où vous aviez invité Livia, j'avais dévoré seul une salade de jeunes pousses d'épinard accompagnées de fromage roquefort avec plein de vinaigre au cidre pour en relever le gout. Très bien.

Tu es toujours avec elle? / Qui? / Lou, comme ça qu'elle s'appelle, non ? / Oui / Lou, c'est joli / J'aime bien ce prénom moi aussi... / C'est son vrai prénom ou c'est toi qui l'appelle comme ça ?

J'avais menti, affirmant qu'elle s'appelait Louisa, logique puisque je lui avais présentée comme étant la belle espagnole. Je n'avais pas envie de lui raconter notre séparation ni mon aventure autant surprenante qu'éphémère avec Nia qui avait suivi et qui m'avait d'une certaine façon fait oublier Lou.

A la place, je lui avais parlé de Nia qui était africaine, c'était amusant de la décrire en espagnole ! Lou et Nia, elles avaient au moins la danse, la musique et le rythme en partage. Et le rire. C'était étonnant qu'elles aient des points communs avec des origines si divergentes!

Une fois, MD avait haussé exagérément les épaules avant de m'écouter. Je tenais à parler avec elle de plusieurs grandes vagues de pessimisme que j'avais vu traverser la société. Au moins trois, ce qui n'était pas rien mais n'était pas beaucoup.. Pour ça qu'elle avait haussé les épaules, comme pour dire qu'elle en avait connu bien d'autres!

D'abord, pour moi, l'après mai 1968 qui avait vu naitre et se développer le ressentiment de n'avoir pas gagné et même d'avoir perdu, tandis que s'opérait une arrivée massive des conservateurs au pouvoir. Une période où casser était devenu une action légitime contre un pouvoir décrété illégitime. Casser dans les manifestations bien entendu et surtout en fin de manifestation. Pour cela que les conservateurs avaient voté une loi dite anti-casseurs punissant les activistes qui avaient appelé à manifester. Car s'était peu à peu répandu le fait de casser n'importe quand ni où, dans les rues, la nuit, le jour, les vitrines de banque, les bâtiments publics ou pas. C'était devenue une évidence légitime née d'un pessimisme réactif qui allait perdurer sans fin prévisible.

Il y a eu ensuite l'après 1989, celui de la chute du mur de Berlin, donc de l'effondrement du régime soviétique. Si une partie de l'opinion, s'en était réjouie, une partie de l'élite intello ne s'est jamais remise de ce qui était clairement la fin du communisme... Ainsi, une partie des enseignants, notamment des écoles des Beaux-arts, ont basculé pour longtemps dans le désespoir pessimiste.

Et puis plus récemment, il y a eu une troisième vague avec le réchauffement climatique qui déclencherait une source de pessimisme profond, d'autant qu'il est relié à la pandémie du Covid-19 et même à la perte de la biodiversité qui en serait à l'origine. Il y a d'ailleurs eu en France une baisse effective de la natalité depuis janvier 2020 marquant cette vague de pessimisme. Relié ensuite à la guerre en Ukraine qui a ruiné les espoirs de diminution des émissions de gaz à effet de serre en provoquant une crise de l'énergie.

Pour MD, oui je le savais, il y avait eu bien d'autres vagues de pessimisme, la seconde guerre mondiale, l'intervention militaire des frères soviétiques à Varsovie et à Budapest, ensuite à Prague. Et puis les guerres de décolonisation. Sans compter les longues batailles contre les interdictions de l'avortement et de la contraception...

Lui dire que des heures après la fin de l'amour, j'avais souvent de fortes sensations intérieures qui me faisaient continuer de penser à celle, Lou ou Nia, qui me les avait provoquées.

Ce n'était pas à chaque fois. Quand cela arrivait, c'était une bonne surprise, ce qui était frustrant c'était lorsque la sensation était impossible à faire revenir, donc impossible à ressentir, parce qu'on n'avait pas été assez présent, ou pire parce qu'on avait omis de se revoir.

Cependant la sensation pouvait réapparaitre comme un souvenir unique. C'était arrivé avec Lou après nos tentatives un peu désespérées de nous rabibocher par l'amour physique. Dans ces cas-là, j'éprouvais une sensation qui resurgissait n'importe où, n'importe quand.

Qu'est-ce qui t'arrives me demandait-on, surement en raison d'un rictus de plaisir qui me traversait subitement le visage.

Revenir à la question de savoir ce qui se serait passé si j'étais allé seul rejoindre Marguerite. Hypothèse basse, rien. Il ne serait rien arrivé. J'aurais passé la soirée avec elle, toutefois je l'aurais quittée pas trop tard dans l'espoir de retrouver Lou qui m'aurait attendu devant son écran à peindre ses tissus en numérique.

Oui, mais en réalité non, hypothèse haute. Pas de Lou à la maison, l'apparte vide, toutes lumières allumées, réfrigérateur ouvert. Et aucun message au tableau de bord, ni sur un papier bien en évidence ni par texto sur mon téléphone. Je l'avais appelée et rappelée sans avoir la moindre réponse, pourtant j'avais insisté renouvelant l'appel à trente-six reprises, jusqu'à me rendre compte que son téléphone sonnait dans la chambre d'à côté...

Elle était rentrée en pleine nuit, et comme je lui avais montré ma joie de la voir revenue, elle m'avait raconté son errance de la nuit, marquée par sa rencontre d'un jeune immigré, Turc ou Kurde, elle ne savait plus, qui avait pris soin d'elle. Pour qu'elle n'ait pas froid sur cette petite place venteuse près de la tour Montparnasse où ils avaient passé la soirée assis sur le bord du trottoir en attendant que le temp passe. Enfin, l'homme lui avait raconté en long et en large son chemin d'immigration et aussi sa vie depuis qu'il était arrivé en France.

J'avais vu tout de suite qu'elle en était amoureuse et du coup le charme entre elle et moi avait été rompu, ce dont elle s'était rendu compte autant que moi.

Alors on avait tout essayé pour rétablir le charme, ainsi de faire l'amour debout, couché, accroupi, tête-bêche, de tout ça rien n'avait vraiment marché… Alors peut-être tenter de se regarder dans les yeux tout en souriant, on avait essayé. Et aussi rappeler la sensation intérieure unique. Non, rien à faire, le charme de séduction avait disparu. On était resté encore quelques jours ensemble à se regarder sans bouger ou presque, puis elle était partie un jour vers midi et je ne l'ai pas revue pendant au moins un an.

Une semaine après, MD m'avait encore demandé des nouvelles de la belle espagnole que je lui ai données bien volontiers et même à profusion.

Et quand j'en ai eu fini de tout lui raconter sur notre aventure, jusqu'à la séparation finale, MD avait été prise d'un fou rire sans maitrise. Un fou rire qui m'avait horriblement blessé au point que j'avais décidé de ne plus la voir.

Toutefois je l'avais rappelée le lendemain matin. MD m'avait aussitôt avoué qu'elle avait vraiment cru que je ne l'appellerai plus jamais et qu'on ne se reverrait plus, tout en retombant dans un fou rire, peu contrôlable apparemment. Je crois maintenant qu'elle avait éprouvé le sentiment d'avoir gagné sur Lou, d'avoir emporté le challenge. Oui, surement c'était ça qui la faisait tellement rire.

Alors, sérieusement, espérant contrer son fou rire, je m'étais mis à lui raconter ce qui nous avait séparés, Lou et moi. D'où était venue la cause de la rupture en définitif. D'abord que je ne sois pas comme tout le monde, à ne jamais être d'accord avec ce que les gens disent, mais toujours en train de revendiquer une opinion à contre-courant, donc minoritaire, voire inexistante...

Et puis... Là j'avais eu un trou en racontant tout ça, un arrêt brusque comme cela pouvait m'arriver en plein milieu d'une rue agitée que je me mettais en tête de traverser... Voilà que des dialogues avec mon père avaient surgi, revenus je ne savais d'où.

Et tous ces animaux, le vivant sauvage, qu'en faire ? Ce sont des séquelles de l'évolution, j'avais redit à mon père... On va s'en occuper, les baguer, les mesurer, les répertorier, leur introduire des sondes dans l'estomac etc... On va surtout couvrir la terre de réserves où les animaux seront comme dans leur cocon. Le monde du vivant sera de moins en moins sauvage, il sera de plus en plus sous la coupe des humains.

Et voilà que je m'étais mis à penser cette autre question: Et si mon père n'avait pas eu en tête de moderniser les choses, d'apporter le progrès autour de lui?... Mon père c'était tout le contraire de la théorie de l'effondrement, il détestait les conservateurs, défendait le progrès . Bien sûr c'était le progrès de son époque, il pourrait y en a voir un autre de nos jours...

Il était pour le progrès comme une chose naturelle, évidente, comme base de fond qui pouvait nous sortir de la misère et de l'ignorance, et nous hausser à un niveau de pensée supérieur, afin d'accéder à un état évolué de développement humain...

Des détails s'étaient bousculés... Mon père n'avait pas voulu déclencher le remembrement, pas parce qu'il supprimait les haies et autres végétations de bocage, ni qu'il détruisait la bio-diversité et/ou chamboulait le paysage. Non, parce que remembrer les terres, autrement dit redistribuer plus logiquement les parcelles de terre aurait pu provoquer une petite guerre civile entre les paysans de la commune.

Je ne sais pas si mon père aimait la nature comme on le dit au 21e siècle... Il était amoureux de la vie de la nature, émerveillé de voir des graines germer, des feuilles pousser, des fruits se former... Il aimait planter, greffer les arbres, ramasser les asperges autant que cueillir les fraises ou les pommes! Il aimait le formidable potentiel de la nature. C'est ce que j'avais vu le long de ma première existence. Que je continuais de voir...

Oui, c'était à cause de la violence sociale que le remembrement aurait pu provoquer, qu'il ne l'avait pas déclenché. Cela a tout de même été fait plus ou moins en concomitance de l'arrivée de machines, de plus en plus énormes, qui ne pouvaient pas être utilisées de façon rationnelle sur de petites surfaces. Plus ou moins aussi, ça c'était fait à l'occasion de l'exode rural, donc de la diminution du nombre de paysans... Et puis le mouvement inverse s'opérait à nouveau. On disait qu'il fallait replanter des haies, sans doute à l'occasion du retour à la terre des diplômés urbains!

Il fallait oublier Duras, m'avait redit l'éditrice... Oublier Duras mais pourquoi? De toute façon, ce n'était pas possible de l'oublier.

MD n'était pas seulement auteure d'une littérature indochinoise, elle était porteuse d'une pratique d'écriture de fiction. Pas simplement d'une écriture littéraire. La fiction chez elle était produite par l'écriture elle-même...

Rappel du malentendu qu'il y avait avec des interrogateurs qui demandaient de quoi on parlait, MD et moi, quand je leur disais qu'on parlait de littérature tous les deux. De quels auteurs, me demandait-on? Non, pas d'auteurs en particulier. On parlait de littérature en général, celle que l'on faisait et que l'on aimait, comme un climat... De la littérature de la vie, dans l'attention permanente, l'estimation du ressenti, l'évaluation des instants. On parlait de la généralité de la littérature.

J'avais beau lui dire à l'éditrice que *La Fiction d'Emmedée*, que je lui avais fait lire, était forcément marquée par une ambiance durassienne puisque Duras était sujet du livre en tant que personnage principal... Rien à faire, elle pensait que j'étais sous son influence, et même sous sa coupe, qu'en conséquence il fallait que je l'oublie. J'avais beau lui dire que j'avais écrit au moins dix livres depuis la mort de Duras, rien ne pouvait la convaincre du contraire...

Le mystère étant pourquoi il semblait tout aussi nécessaire de l'oublier pour elle-même qui n'était surement pas une lectrice durassienne.

Et si parfois je ne l'étais pas moi non plus, car je n'étais pas proche du décor durassien, ce n'était pas faute d'aimer Duras et son écriture, et ses romans, et tous ses films, et ses multiples textes, j'étais toujours emporté par son écriture au bout de quelques lignes de lecture.

D'ailleurs ça que j'avais rétorqué à l'éditrice qui n'avait fait que répéter cet « oublier Duras ». Car c'était le souhait de bon nombre d'intellectuels qui n'aimaient justement pas son écriture, de l'oublier!

Cette année-là, j'avais porté pendant tout le festival de cinéma, à Hyères-les-Palmiers, des lunettes de soleil vertes. Ce n'était pas pour me cacher bien au contraire, elles étaient voyantes et même trop! C'était une paire de lunettes vertes qu'on m'avait offertes pour *Les Yeux verts* du titre des Cahiers du cinéma qu'elle avait concocté à sa main.

En toute innocence, je les avais perdues dans l'avion à mon retour du festival. En toute innocence!

Quand je lui avais dit que j'étais désolé d'avoir perdu ces lunettes, Marguerite m'avait simplement regardé, de son regard persistant, avant de me dire en riant : Je ne sais pas comment tu fais pour t'y retrouver entre toutes ces femmes.

Non, je me trompe, jamais elle n'avait dit ça, ni ne l'aurait dit... C'aurait pu être Nia qui aurait dit ça, oui, c'est elle qui me l'avait dit. Pas MD. Elle, MD, n'était jamais dans le cliché ordinaire, jamais dans le dire habituel, jamais dans la phrase qu'on sort sans y avoir pensé.

Emmedée m'avait plutôt dit, je vois que tu ne t'y retrouves pas entre toutes tes femmes où pour une fois elle se rangeait, où pour la première fois elle s'était rangée...

Hélas, progressivement, je la captais de moins en moins, en vrai. Les années s'ajoutant aux mois, voilà que c'était fini, je ne pouvais plus la reconstituer telle que je l'avais connue au début de notre rencontre, ne serait-ce que parce que moi-même j'avais beaucoup changé. Surtout, parce que ma mémoire n'avait pas seulement enregistré mais travaillé! J'avais tellement lu ses livres, mais aussi parlé avec elle, écrit sur elle...

A ma grande surprise, MD demande encore comment s'appelle ma belle espagnole ? Mais je ne la voyais plus, c'était fini, elle ne le savait pas? Si, elle le savait, en plus c'était à cause d'elle qu'on s'était fâché, elle ne l'avait pas compris? Bien sûr que si. A cause d'elle que Lou avait passé la soirée avec le kurde au lieu de la passer avec moi si je n'étais pas allé diner avec elle à son restaurant du Parc...

Quelle importance maintenant, c'était du passé? Ou alors mon présent se jouait de moi en toute liberté avec des éléments du passé. Mes débats internes se fabriquaient sur les sensations éprouvées avec Gemma par rapport à Livia et Lou qui continuaient de m'envahir même quand j'allais voir Nia. Là en effet je ne m'y retrouvais plus.

L'histoire avec Gemma qui n'avait pas duré plus d'un soir, était cependant suffisamment prégnante pour jeter de l'ombre sur ma relation avec Nia que j'avais décidé de quitter, que je suis en train de quitter.

Nia, il fallait que je réussisse à la convaincre que je ne pouvais pas être son mari ainsi qu'elle persistait à m'appeler. Je ne correspondais en rien à ce qu'elle cherchait, un mari qui la gâte à tous les instants, qui lui achète une maison de 200 m2 dans les beaux quartiers, qui possède une grosse voiture pour partir le week-end. Et par-dessus tout un mari qui fasse tout ce qu'elle voulait et surtout pas ce qu'elle ne voulait pas.

Par exemple, elle ne voulait plus monter dans ma petite voiture qu'elle ne trouvait pas à mon niveau, alors que je n'en faisais surtout pas une revendication de condition sociale. Ce n'était qu'une voiture sans prétention, une occasion de deuxième main que je trouvais bien suffisante pour le peu de trajets que je faisais, et qui surtout me semblait appropriée à une époque à venir où on n'aurait plus besoin de voiture du tout.

Les jours passant, je ressentais de plus en plus que ce n'était pas bon pour elle de continuer notre relation supposée de mari et femme qu'elle voulait m'imposer et que je ne ne pouvais clairement pas assumer. Et, de plus en plus aussi, je ressentais que ce n'était pas bon pour moi, encore moins. D'ailleurs je réagissais chaque fois pour le dénier quand elle sortait que j'étais son mari et elle ma femme!

Entre elle et moi, ce qui était devenu insupportable, c'étaient les énervements, les engueulades, les cris, les reproches qui paraissaient inévitables, pourtant ridicules. Qui en plus ne s'effaçaient pas, bien au contraire puisqu'ils servaient d'aliments à d'autres scènes de disputes qui se déclenchaient à chaque revoyure.

Ce devenait même dangereux comme je l'avais pensé en la voyant un jour de dispute attraper une canette en verre de bière vide, prête à s'en servir pour se défendre. Ou pour me faire la tête.

J'avais la conviction que jamais plus on ne pourrait redevenir vierge de tous conflits et que désormais chaque fois qu'on se verrait la bagarre reprendrait. Comment on en n'était arrivés là ? La barbe, trop de paramètres!

Avec Lou, à la fin, ç'avait été une simple histoire d'étagères qui avait précipité la rupture. Un jour de déprime elle s'était mise à pleurer sur son sort, allait-elle jusqu'à la fin de sa vie se contenter de ranger ses vêtements sur trois étagères, certes de trois mètres de longueur et moitié de large, à quoi il fallait ajouter une penderie fermée où pouvaient s'entreposer tous les vêtements longs en fonction des saisons...

Pourquoi j'avais repensé à cette scène ? Parce qu'un jour, des mois après son départ, je m'étais mis à ranger ces étagères que je m'étais appropriées quand elle était partie. Oui c'est en rangeant ces étagères que j'avais repensé à elle pleurnichant pour le manque d'espace de rangement de ses vêtements ?

Pourquoi je n'avais-je pas pensé plutôt à la manière de ranger ses vêtements? Bon, à part la penderie où je pouvais suspendre vestes et costumes, et surtout les habits longs de saison, de celle déjà passée ou bien d'avenir proche. Pour les étagères c'était simple, de la plus haute à la plus basse : 1/ les ticheurts et tous les items sans manche. 2/ les pulls et tous les items avec manches. 3/ les jeans et autres pants... Tous ces mots en anglais pouvaient se remplacer par maillots, chandails, gilets ou tricots...

Oublier Duras ? La question me revenait maintenant chaque fois que je pensais à elle, quand je lavais à trois eaux le riz avant de le cuire. Ou bien quand je préparais du travers de porc au soja... Ah justement non, ça m'était passé, fini le travers de viande de porc, fini la viande, fini le porc!!!

Faut que tu oublies cette femme- là, m'avait dit un jour Nia qui voyait bien que j'y pensais souvent et surtout que je lui parlais plus qu'à elle quand je lui parlais. J'avais pu comprendre qu'elle en était jalouse, et même qu'elle paraissait hostile à ce qui restait en moi du personnage de MD.

Après la séparation avec Nia s'était installée une période de calme. Je n'avais plus eu la crainte qu'elle arrive de derrière moi pour poser sa tête sur mon épaule afin de voir ce que je faisais. Et surtout je ne me réveillais plus dans le conflit… Il restait juste la crainte qu'elle déboule sans prévenir, les derniers temps elle s'était contentée de m'expédier en 3 jours une bonne centaine de messages sur Whatsapp…

L'histoire qui suit avait beaucoup fait rire Marguerite que je crois bien du coup je lui avais raconté plusieurs fois, soucieuse qu'elle semblait être de débusquer des éléments que j'aurais omis dans les précédentes versions.

Deux jeunes filles tziga-roumaines me demandent leur chemin pour aller à Montparnasse. Où ? Au métro. Il y en a un au bout de la rue, je dis. Le métro Montparnasse ? Elles veulent que je leur montre sur la carte de leur téléphone où se situe le métro Montparnasse. Pour ça elles me mettent dans les mains leur téléphone afin que je fasse la recherche sur la carte d'Europe.

Je résiste, je tente de les convaincre de taper elle-même "Paris Montparnasse". J'ai un sac de pommes reinettes dorées que je garde au poignet gauche m'obligeant à taper de l'autre main sans y parvenir. Finalement j'abandonne de taper sur leur téléphone et leur explique que c'est tout près, pas besoin de métro, il suffit de traverser le boulevard, et j'indique de la main droite le chemin à prendre. Et là je sens que l'une d'elles a repoussé mon sac de pommes pour tenter de mettre la main dans ma poche intérieure, une main que j'écarte vivement tout en les sommant à la manière d'un ordre de prendre la rue à droite et longer le boulevard pour atraper le métro si elles y tiennent!...

J'avais juste vérifié que mon portefeuille se trouvait encore à sa place, et aussi les quelques billets glissés en vrac dans la poche. En m'éloignant je les ai entendues qui se lamentaient d'avoir raté leur coup. Grâce à ce sac de pommes reinettes qui avait empêché l'une de vider ma poche.

Elles avaient dû me repérer sortir du marchand de fruits en rangeant des billets au fond de cette poche intérieure... Peut-être m'avaient-elles vu auparavant tirer de l'argent au distributeur et m'avaient suivi jusqu'à m'entreprendre sur un trottoir moins passant qu'à la sortie du marchand de fruits.

Désormais, m'étais-je dit, je ferai plus attention à mes souvenirs et aux liens qu'ils entretiennent avec la réalité présente. Pourquoi est-ce que je pense soudain à telle ou telle situation et à telle ou telle personne sans lien apparent ? Je trouverai en général la réponse...

Il me restait comme des images familières de cette tentative de vol, d'autant que les deux filles n'avaient pas cherché à s'enfuir...

J'avais repris ma respiration dans le bus. À Paris les bus sont très agréables, même si parfois il faut attendre de longues minutes avant que le prochain arrive. Oui mais dès que ces bus prennent un peu de vitesse on est bousculés, secoués, malmenés jusque dans ses entrailles, à cause du mauvais état de la voirie parisienne. En plus, on doit subir des bruits de claquement métallique incompréhensibles dans un bus d'allure toute neuve.

Une fois sorti du bus, c'était ce bruit métallique persistant à l'oreille qui restait insupportable. D'autant plus, quand j'avais mal au coeur de l'absence de Lou.

Lou me manquait. Un manque qui me creusait le corps de l'intérieur, forcément ravivé par la séparation d'avec Nia. Voilà que j'entendais à nouveau les marques d'amour de Nia d'avant la séparation, je t'aime, mon amour, reste près de moi, viens à mes côtés!

Pendant des mois j'avais vécu le bonheur d'aimer et d'être aimé. Et puis plus rien, sauf cette nouvelle règle, "on ne se voit plus et on s'oublie". C'est ce qu'il fallait faire en tout cas, ne plus se voir, si je reprenais la moindre intimité, la folie de couple recommencerait de plus belle...

Dans notre relation, de Nia et moi, était vite arrivée la question de savoir qui voulait niquer l'autre, qui voulait niquer qui? Et par qui l'un allait être niqué?

Niquer, c'est se faire avoir, se faire baiser, posséder. Être "eu", il s'est fait eu! Je n'avais pour ma part pas cette envie de la niquer, au moins je le croyais, à part baiser, coucher, forniquer... Elle, en revanche, elle ne s'en cachait pas de vouloir me niquer, au sens de posséder, m'en prévenant même comme si elle avait voulu ne pas me faire le moindre mal.

Niquer au mieux, c'était vouloir tout de moi, arriver à ce que je ne sois plus rien, sauf à être quelqu'un par elle, au pire s'emparer de moi et de tout ce qui m'appartenait et de tout ce que j'avais en propre. Une perspective qui me rendait à nouveau certain de devoir ne plus la fréquenter d'aucune façon.

Pourtant elle me manquait, car elle continuait de me servir de rempart pour maintenir l'oubli de Lou. Oui, elle me protégeait de Lou tout en me la faisant regretter. Si bien que son amour me manquait, d'autant que je ne parvenais pas à oublier les plaisirs qu'elle m'avait donnés, il y avait peu encore.

Je l'ai bien remarqué sur son Instagram, Nia, elle fait comme si ça allait et je vois bien que non, qu'elle est atteinte comme je l'ai été de ma séparation avec Lou. Je suis peiné qu'elle soit si atteinte...

Je suis d'ailleurs plus atteint de notre séparation que je le croyais, sauf à me redire qu'on avait en presque dix mois vécu toute les phases d'une histoire d'amour jusqu'à cette décision implicite de s'oublier!

Quand elle m'avait balancé ça, "ne plus se voir et s'oublier", des semaines auparavant, sous forme d'une menace, on ne l'avait pas exécuté sur-le-champ, ça n'avait été qu'une menace. J'ai le souvenir que j'en avais été glacé, cela m'était apparu impossible. Et pourtant l'enchainement m'avait conduit là.

Ce n'était plus la peine de chercher à en connaitre les raisons, je n'avais aucune envie de la revoir, sachant qu'en découlerait le questionnement de qu'est-ce qui s'était passé? Donc, la piste était fermée, il n'y avait qu'à passer à autre chose.

Solitude à la terrasse d'un café, sans rendez-vous en attente, puisque j'avais annulé avec Nia et de fait, avec Lou, Livia et toutes les autres. Finalement, je m'en vais de cette terrasse pour cesser de ressasser, mais je ressasse où que je sois...

Pendant dix mois, j'avais été dans l'attente d'un de ses messages et maintenant la règle qu'on s'appliquait, c'était on s'oublie, on ne se voit plus. Parce qu'il n'y avait plus d'autres solutions que la séparation.

Mon téléphone me la rappelait en creux. Plus de messages du tout, à part un rare épisodique pour prendre des nouvelles, comment j'allais? En fait, pour essayer de me faire répondre. Non je ne répondrais plus.

Mon téléphone intelligent ne me servait plus à rien, un simple enregistreur d'un même message puisque je ne recevais plus de ces multiples messages d'amour qu'avant je recevais, des dizaines chaque jour au moins, joints à des images qu'elle reliait... Des messages d'amour, mon amour, je t'aime, je te veux toi, qui souvent me faisaient tenir la journée entière. Jusqu'au début de soirée où elle m'en envoyait d'autres. Pour la nuit.

Alors qu'est-ce que tu vas faire, m'avait demandé MD? Eh bien, je ne m'installerai plus seul à une terrasse. en raison du manque de sa présence, c'était trop dur!

Je te l'ai déjà dit, me répète Marguerite, tu es quelqu'un qui ne supporte pas les séparations. Il y a des gens qui les supportent plus ou moins, toi pas.... Et si tu me racontais dans le détail cette histoire de tes huit mois d'amour avec elle? Dans les détails? Oui par exemple, comment ça a commencé, peut-être ça te ferait du bien...

C'était une africaine, moi pas du tout!... / Je croyais qu'elle était andalouse?

J'avais détourné la conversation, d'ailleurs je lui avais déjà raconté. Comment je l'avais rencontrée, marchant boulevard du Montparnasse, mais que très vite étaient apparus les énervements, les crises en même temps que les envolées autant sexuelles qu'amoureuses...

Tout de même, tu étais très proche avec cette Lou? Oui, elle avait raison, on était très proche, Lou et moi, d'ailleurs nous avons vécu des années comme mari et femme. MD ne pouvait pas le savoir qu'on avait vécu si longtemps ensemble, elle qui était morte avant notre séparation, elle n'en avait perçu que la perspective de cette séparation. Elle n'avait connu que ma séparation avec Livia...

A un moment, j'avais préféré lui rapporter la nouvelle, captée dans la matinée à la radio, selon quoi un écrivain américain était mort en faisant sa gymnastique. Il avait 97 ans. A cet âge-là on peut mourir à tout instant, j'avais dit. Ce qui est d'ailleurs d'une prodigieusité épouvantable, elle avait répondu.

Un jour elle m'attendait, elle trouvait que je n'arrivais pas assez vite. Le temps de ranger sa voiture sur le boulevard. Ou bien de me réveiller parce que je m'étais levé trop tard. Toi, tu as perdu un enfant? Tu avais un grand enfant que tu as perdu? Tu ne m'en a jamais parlé. Est-ce qu'il fumait du tabac? Etais-tu proche de lui?... Tu la vois toujours sa mère, c'était ta première femme? Tu as des nouvelles d'elle? Non tu ne la vois jamais, pourquoi? Vous n'aviez pas eu un autre enfant? Tu n'as pas de ses nouvelles? Qu'est ce qu'elle fait?

Je ne parviens pas à me remémorer ce que je lui avais répondu, sauf que je l'avais tutoyé pour la première et seule fois de toujours. Et que j'avais capté dans son regard qu'elle en avait éprouvé du plaisir. En tout cas, que cela lui avait plu.

MD ne fumait plus de cigarettes quand je l'ai rencontrée. Elle ne fumait plus après avoir beaucoup fumé, par exemple en conduisant. L'épisode marqueur c'était que si elle se trouvait en pleine nuit sans cigarette de tabac, elle pouvait d'un coup démarrer son automobile pour aller en acheter à une heure de route. Je ne l'ai jamais vu fumer que dans des enregistrements vidéos ou dans des films...
Elle insistait, il fumait du tabac? Silence entre nous deux comme rarement il y en avait eu. Comment elle avait su, comment elle avait eu cette information? Par Lou certainement. Sinon est-ce que Marguerite aurait été capable de joindre ma première femme pour prendre de mes nouvelles, savoir des choses sur moi? Ce qui aurait été justifié par sa crainte qu'elle avait toujours qu'il me soit arrivé quelque chose. Oui elle en aurait été capable!

Si on refait toujours le film quand il y a une rupture, aurait pu me dire MD, c'est qu'on n'est pas encore séparé. Ce qui me revenait, c'était la dernière fois qu'on s'était vus, Nia et moi. Déjà des mois en arrière qui me paraissaient des années maintenant.
Tu m'avais délivré un dernier massage sur mon corp de ton corp à n'en plus finir pour m'exciter à fond. Et puis tu avais cherché à faire l'amour sans protection et tu y étais arrivée. Et puis tu avais essayé de me retenir collé sur toi. Cependant j'avais réussi à me retirer pour ne pas éjaculer en toi. Je n'avais d'ailleurs pas éjaculé du tout. Je m'étais retiré pour ne pas te faire un enfant, ce que justement tu aurais voulu. Tu m'avais retenu avec tellement de force contre toi que j'en avais eu durant deux jours des douleurs au bas-ventre...

La dernière fois qu'on s'était vus, quelques jours après cette scène d'acrobaties, c'était dans le parc flamboyant du jardin Atlantique où j'étais allé tant de fois avec Lou. On s'était promené comme deux amoureux, même si moi j'étais plutôt sur mes gardes. Et puis nous étions allés déjeuner sur une terrasse de restaurant adjacent à l'entrée du Parc. Et là, ça avait été la fin définitive parce que tu t'étais lancée dans un esclandre.
Mais c'est quoi une esclandre? Eh bien, ce que tu es en train de me faire vivre!...

Il n'y avait plus rien à raconter de cette histoire d'amour, globalement faite de toutes les différentes histoires!
C'était fini, j'étais seul désormais. Tout était à recommencer! Il me fallait changer d'amour et même changer d'amis, comme je l'avais dit à un de mes amis proches qui trouvait que j'exagérais.

En réalité Nia, parce que je lui en avais beaucoup parlé, ce qu'elle aurait voulu c'était être Lou ou rien du tout! C'est vrai que je lui avais toujours beaucoup parlé de Lou, je n'avais même jamais cessé de lui en parler. Surtout, je lui avais toujours parlé comme si elle avait été Lou. Elle ne pouvait qu'en être jalouse.
Tandis que Lou, je m'en étais rendu compte, ce qu'elle voulait par-dessus tout c'aurait été d'être MD. Et ça c'était inabordable autant qu'inaccessible!

J'ai vécu une époque pas si lointaine à laquelle on se réfère quand on dit, ça fait plus de 20 ans, au moins 30 ans que ça ne marche plus, depuis plus de 40 ans qu'on a laissé les choses se détériorer....

Comme si, avant ces 30/50 ans, il y avait eu un plafond occultant l'horizon. Comme si, il y a un siècle, ça marchait, ça avait marché, alors que rien jamais n'a marché, sauf à aller de crise en crise. Comme dit l'autre pour tout lâcher, «depuis les années 1960/70, quand ça a commencé à merder dans le monde»... Dans les années 1960/70 quand le monde s'est mis à merder! Quoi, qu'est-ce qui a merdé? Mais tout, la société, le système! Les relations amoureuses?

Une vieille info qui m'était revenue en essayant d'ouvrir la porte de ce que je croyais être la chambre de MD ce fameux matin de lendemain du diner avec Gemma. La veille, elle avait annoncé qu'elle ne viendrait pas au théâtre voir la mise en scène de Claude Régy, c'était beaucoup trop long, 4 heures/4 heures 30 ! Un spectacle trop long...
J'avais compris surtout qu'elle n'avait pas envie de se taper pendant 4 heures un texte qui n'était pas le sien et dont elle présumait qu'elle ne l'aimerait pas, oui sans doute elle ne pouvait pas aimer cet auteur... Rappel de ce qu'elle n'aimait rien en général. Les gens ne vont pas comprendre, me disait-elle, ils savent que je n'aime rien. A part les classiques?
Les classiques? Oui Racine, les Grecs, Diderot? Ah oui, Diderot, mais était-ce un classique?

C'est à la radio que j'ai appris sa mort. Je lui en veux encore de ne pas m'en avoir prévenu personnellement. Je me serais plus facilement habitué à l'idée. Oui j'aurais aimé qu'elle me le dise, tu sais, on va plus se revoir! "Pourtant, c'était tellement bien avant entre nous!"
J'aurais voulu lui dire que la folie du monde qui paraissait désespérante, était aussi source d'émois esthétiques toujours flambant neufs!

Je pense à elle dans le silence, je me demande comment elle a vécu sa mort, elle qu'on voyait ne pas pouvoir mourir?
Elle me disait souvent avant les années 1990 qu'elle souffrait d'un emphysème qui finirait par la gagner. Je balayais du regard et de la main cette éventualité, l'invitant à oublier, que ça passerait...
Je n'arrivais pas à chasser l'image douloureuse de MD après son opération de trachéotomie, non parce qu'elle cachait par un foulard l'ouverture dans sa gorge lui permettant de respirer, mais parce qu'il était devenu difficile de comprendre son élocution...

Image reliée à la dernière bobine de l'enregistreur analogique, non numérique, sur quoi nous avions après hésitation décidé de continuer l'entretien encore, malgré l'heure tardive, la journée entière d'enregistrement et la sur-consommation de vin qui l'avait accompagnée. On ne pourra pas l'utiliser au montage pour diffusion à la radio France Culture. Parce que nos voix n'étaient plus assez distinguées pour être facilement entendues. Cela resterait la bobine perdue de ces enregistrements...

C'est le jour anniversaire de sa naissance, un 4 avril 2014, en renvoi du 4 avril 1914, cent ans auparavant, que j'ai fait lire ses phrases extraites de nos entretiens, dans la salle 37, la plus belle du palais tokyoïte d'art moderne.

Je n'étais pas près de l'oublier! Et encore moins prêt à l'oublier, elle qui avait beaucoup aimé que je lui propose ces entretiens intitulés: *On ne peut pas avoir écrit Lol V. Stein et désirer être encore à l'écrire.*

Ce que j'aurais le plus regretté, c'aurait été de ne pas réussir à organiser une énième lecture des Entretiens avec MD par les trois meilleurs comédiens qui les avaient déjà lus, plus leur double de trois danseurs pour agrandir le cercle, dans le petit parc de Neauphle-le-château.
Ce fut un soir d'automne, à la tombée de la nuit illuminée de quelques éclairages de couleur pour pouvoir filmer.
Ça avait été difficile de convaincre Outa, fils de Marguerite, de me laisser l'organiser, il avait d'abord été réticent, à savoir carrément opposé au projet, il n'avait nulle envie de rameuter des centaines de personnes dans le parc de la maison. On avait d'abord dit, sans public, et puis sur stricte invitation et en nombre limité. Finalement il avait bien aimé qu'un petit public envahisse le parc d'un silence constitué des phrases de MD.
Une fois terminée la lecture, un quasi rire de joie générale avait rendu hommage à Marguerite, chez elle, en personne!

Ce que les participants avaient retenu, des jours et des semaines après, c'était les visages de comédiens éclairés de la lumière des écrans d'ordinateur sur quoi ils lisaient le texte.

Nia ne m'avait pas re-demandé où et comment je me voyais dans dix ou quinze ans? Maintenant elle voulait surtout savoir ce que je faisais à l'été il y avait 50 ans.
Eh bien, je militais pour la paix... Des travaux de peinture dans des logements pour cas sociaux dans le nord de l'Angleterre... Une adduction d'eau dans un village du sud de l'italie. Non, ce n'était pas la même année... Du jardinage dans une maison de retraite à Prague, c'était l'été de l'invasion soviétique des troupes du pacte de Varsovie, survenue dans la nuit du 20 au 21 aout 1968... Nuit que j'avais passé en voiture de retour de Prague sans savoir que l'invasion était en cours.

J'avais eu le temps de rentrer chez moi, le 21 tôt le matin, assurant à mon père qu'il n'y avait aucun risque, qu'il n'y aurait pas d'intervention soviétique là-bas. Or elle était en plein déroulement, l'intervention était massive, 500 000 soldats et 5000 chars des pays du pacte de Varsovie pour arrêter l'expérience en cours du communisme libéral chez un pays frère...

Au bout de la nuit, je m'étais rendu compte qu'entre Lou et MD, j'avais chaque fois priorisé MD.

Elle m'avait toujours dit qu'elle ne pouvait pas ne pas avoir de rapports amoureux avec quiconque elle rencontrait. Sinon, il n'y avait pas de relations du tout.

Ainsi, la seule bonne hypothèse de narration aurait été que je rejoigne Marguerite au restaurant du Parc avec Lou, sans les prévenir. Ni l'une, ni l'autre. C'était ce qui aurait été le plus simple mais cela m'avait paru difficile à réaliser...

Comment et pourquoi les hommes capitulent devant la détermination féminine, m'étais-je demandé? Parce que c'est justement celle qui leur a été imposée par les hommes depuis des millénaires.

Oublier Duras? Qu'ils essaient donc, elle aurait dit de son rire personnel, ils peuvent toujours essayer, ils verront bien!

OUBLIER DURAS !?
roman de Jean Pierre Ceton